就在此時，花睡了

華梵大學創辦人曉雲法師書法《清涼》
（林煜幃 攝影）

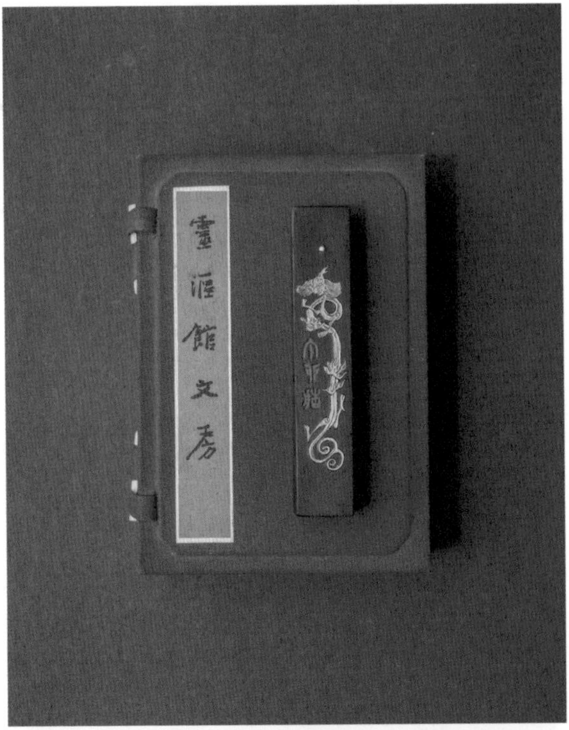

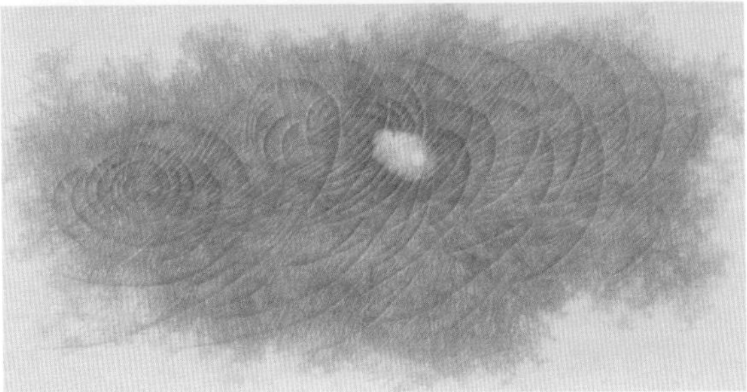

上｜江兆申先生生前所監製的《雙菩提樹龕寫經墨》（林煜幃攝影）
下｜陳念慈，《水影》，69 x 139cm，水墨紙本，2017（大象藝術空間館提供）

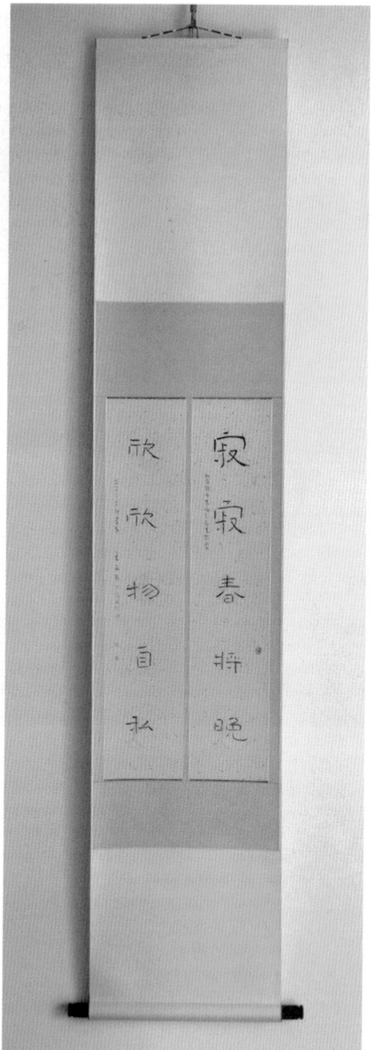

蔣勳先生書杜甫詩句小對聯，「叢譽齋」
蘇彬堯先生裝池（林煜幃攝影）

「誠品行旅」迎賓大廳（大尺建築設計＋郭旭原建築師事務所 提供）

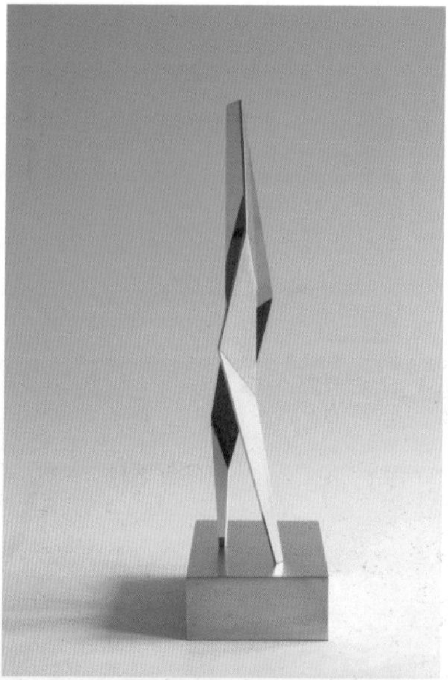

上｜郭思敏作品《冉冉而生》系列中的一種形式（誠品畫廊 提供）
下｜在蘇州誠品戶外公共空間，近七公尺高的《冉冉而生》（誠品畫廊 提供）

于彭油畫《桃花源》

上｜連建興《夢土勘輿之茶壺山奇遇》，油畫，2017（連建興 提供）
下｜吳耿禎作品《有鹿》，2016（林煜幃 攝影）

右｜陳珮怡《探》，岩彩紙本，2018（陳珮怡 提供）
左｜陳珮怡《許尼歐》，岩彩紙本，2018（林煜幃 攝影）

上｜孫翼華，《漂向北方 I》，直徑35cm，水墨、膠彩、壓克力、木質材料，2018（孫翼華 提供）
下｜孫翼華，《血色破曉》，直徑35cm，水墨、膠彩、壓克力、木質材料，2019（孫翼華 提供）

藏傳佛教伏藏師江敏吉、「不二齋」主人江赫，二人為父子，家藏的沉香木藝術品，以及各種藏傳佛教珍貴法器、文物。

高雄「深水觀音禪寺」舉辦的「看見自己——禪文化生活營」翦影（張鴻彬攝影）

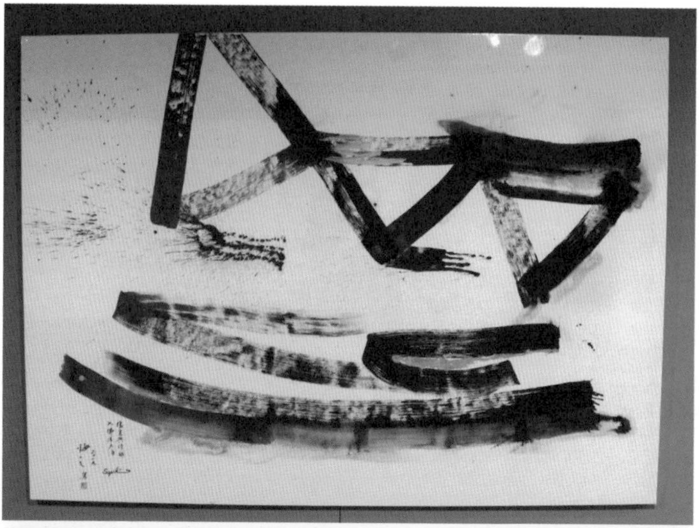

張淑芬、許悔之合作《傷害與修補，入佛法大海》，日本高知麻紙，墨、洋金、色粉，152×213cm，2019（攝影由佛光山人間通訊社 提供）

目次

輯二 美的信物

推薦序

我所不夠理解的悔之，正是我所喜愛的悔之，最迷人之處！——序《就在此時，花睡了》

蔡詩萍

我必須承認，拿到稿子後，翻讀了三分之一，我便有些後悔了。不該這麼快答應，替悔之的散文集子《就在此時，花睡了》，寫篇序文。

但，我又猶豫了一會。心想，不然擱個幾天，再看看吧！

但擱在那幾天，我並沒有長什麼新見識，拿起來再讀，還是有點懊惱，答應得太急。

於是，就在擱下，想想，再猶豫，再翻讀的推拉下，也不得不硬著頭皮，寫這篇序文了。

以我跟悔之的交情，沒理由不寫這篇文章。

以悔之的才情，我也很有理由，為他的讀者詮釋一些「我所認識的許悔之面向」。

但，這本文集，有些超乎我的能力之外，並非我所熟悉的人與事，寫來難免心虛啊！

悔之，從一位工科出身，但本性文青的少年詩人，青年編輯，中年文創，習字作畫，抄經學佛，如今集多重角色於一身：中生代重要的詩人，成功的編輯人出版人，優秀的作家，令人耳目一新的書法家、水墨創作者，一路走來，我是看著他的蛻變，但也遺漏掉很多沒看到的部分，特別是，他在這本紀錄自己心路歷程，交友範圍的散文集裡，有很多我也是讀了方才知道原來他是這樣走過來的啊！

悔之其實徹頭徹尾，是一位文青。

但，他太聰明太優秀了，以至於，在少年時期，必須被迫投入理工的範疇。然而，他又是一個相當桀驁不馴的反骨之人，注定不可能在「被迫的」際遇下，接受現實一輩子。

悔之的魅力，是他在這一次又一次的「自我剝離」過程中，以他的生命，全方位的去迎戰，不逃避，且不吝於顯現自己的脆弱，於是往往是那麼樣的充滿張力，充滿辯證，充滿掙扎，充滿困惑。於是，也惹人好奇，與疼惜。

他有那麼多朋友，來自各領域，多半是被他這股氣質給吸引，給迷上的吧！

我無以名之，只好稱之為，一種詩人的天生氣質。

悔之因而就是個天生的詩人。

寫詩的時候，他當然是詩人。不寫詩的時候，他也是以詩人的細緻，敏感，堅定，去處理人事，去看待紅塵，去因應他的創作。

他自己承認，嘗試習字，抄經，是為了抑制自己的躁與悶。躁與悶，於我看，無非都是一股對生命本質的躁動與不安，對生活困頓於現實規律的反抗。每個人都或多或少有一些些，不過，詩人，或傾向詩人本質的人，會更多一些些罷了！

悔之，就是這樣一個，注定「本質是詩人」的人啊！

你能叫他怎樣安頓於紅塵，而不倦怠！

你能讓他怎樣沉默於現狀，而不仰嘆！

很難，很難，於是，我們便讀到了這一本，悔之紀錄他的工作，他的交友，他的創作，他的沉浸於「古典之現在化」種種嘗試的文字。

你會驚訝，他的涵養之深，之博，之雅，之動人！

我仍然無以名之，於是給了一個轉借過來的名稱，他是一個「現在進行式的新人文主義者」！

注意到悔之的詩作，寫作，創作的人，必會注意他從詩人轉入研讀佛學，出入禪宗禪畫的境界，在一定的程度上，這領域我是沒有置喙餘地的。我必須對悔之，誠懇的承認。

不過，由於近代以來，出入文學與佛學之間的詩僧，在哲學與佛學之間接軌的思想家，我稍有涉獵，於是對於悔之的由詩、由習字，而入禪入佛，我並不意外。

悔之的詩，早就不再是為賦新詞強說愁的感性之嘆了。他對生命本質的幽嘆，他對世間因果的反思，他對人性幽微的凝視，他對自身存在之意義的困惑，都使他在感性之外，踏入了理性哲思的境界。

但他選擇的，是以詩入畫，以畫證詩，更在詩與畫之間，選擇了最能詮釋這種過渡氣質的，書法，當他撫慰自己人生中場以後的定向座標！

我很喜歡看悔之寫的字。

他沒有走北碑的風格，或許他根本不適合。

但他傾向的南帖氣質，則完全襯托了他的自由，不羈，與瀟灑，我常想，南方一脈的水墨，書法，那般文人風，除了江南氤氳、常綠的環境因素外，一定也跟江南文人天生的氣質，脫不了關聯。接近悔之的朋友，必然懂我的意思。

悔之的氣質，無疑是孤僻而孤獨的。

但人生往往弔詭。孤僻之人，孤獨之心，卻因緣於工作際遇，走進了出版業，走近了要協助其他不同程度之孤獨者出版其創作的生活世界！在這本散文集子裡，我們往往能看到悔之與這些孤獨心靈的對話，有時見之於言語，有時見之於默契，非常的「現代世說新語版」！

我甚至，都相信，書名：《就在此時，花睡了》，都像一句見證悔之靈魂深處，那種永遠抹除不了的永世之焦躁，之不安的吶喊！但，卻是幽幽靜靜的吶喊。

太像悔之了，除了他，擁有那顆顫顫幽幽的靈魂在風中，凝視花朵們的世界外，誰能那麼細緻而敏感的，察知花在此時，睡著了呢？

我所不夠理解的悔之，正是我所喜愛的悔之，最迷人之處。

自序

從「有情」到「有悟」

我這半生，都在寫詩和散文，並且抄經寫字；我既是一個寫字之人，也創立了一家出版社——有鹿文化；文字、文學、文化，是我此生深深的依戀和投身的志業。

寫詩和書法，因為速度很慢，可以把每一個漢字的字詞，再思惟一遍，注入情感和意義；蘇東坡詩句「只恐夜深花睡去」，說的正是：人，如何詩意地在這個世界活得更有滋味、興味、品味；其中的關鍵在於心中有情、開放知覺，使自己受限的身心打破邊界，在一個專注甚深的時刻，又突然不刻意著力了，自然而然，世界就開啟更多的可能，不受纏縛。

我們心至為安靜的時候，真能聽得到花開的聲音！花，是我們在這個世界的隱喻，禪，是我們行路時聞到花香。

在這樣一種狀況裡，我們覺得可以契入外境，進而內外不分；看世界之一切，然後從心所出，或許有時就創作了，在超越普遍經驗、打破慣有框架之中，有新的美感誕生。

反常，往往更是合道。

禪、詩、文學、藝術的創作與欣賞，乃至於生活的滋味，到頭來都是「一心見他心」。

五月，在「上海城市藝術博覽會」的專題演講，我準備了一個演講的圖檔，從自己收藏的臺靜農先生、蔣勳先生……等文人的書法說起，一直談到自己的手墨禪詩創作；因為生活有如植壤，創作是澆灌，如是因緣具足，使文字開出了花。

從二〇一八年四月到二〇一九年三月，我在《蘋果日報》的副刊，每周撰寫一篇，寫了一年的專欄，內容大多探汲藝術之創作與欣賞，還有錘煉己心的一些印記，偶爾會談人間世裡值得記憶、書寫之人。

後來又找出一些近年來已經發表而未結集的文章，合為一帙；書名定為《就在此時，花睡了》，說的是從「有情」到「有悟」之間，隨風瀰漫的花香了。

輯一

心跡印記

一刻清涼——一件曉雲法師的書法

本來想這個報紙專欄的名稱，可能叫做「半畝月色」或是「一刻清涼」，我私底下問了幾位好朋友的看法，他們各有喜愛也各有質疑。以前很少寫作的時候會問別人，正因寫作是人間最孤寂的喜悅之一，如同夜晚大海的航行者望著星空，或者一位燈塔管理員聽著濤聲洶湧。詩心如同佛心，只能自有自證，所以創作也是一種私心自用——想要「看見自己」。

想到欄名或可叫「一刻清涼」的原因，與華梵大學董事長、深水觀音禪寺住持悟觀法師有關，法師在日本大正大學文學院博士班畢業，專長於般若禪和天臺止觀。法師是一位比丘尼，除了深心入於佛典，亦雅好詩詞藝術，也擅攝影。

因為喜歡法師的文字、攝影和知見，所以我說服了他，編出他的第一本書《般若與美》，也因此和他有了一些見面說話的因緣。

人間的因緣不可思議，悟觀法師是一代藝術家僧人——曉雲法師的法子，親炙曉雲法師數十年。

從年輕時認識蔣勳老師，便常常聽他私下在各種場合提到曉雲法師。青年蔣老師念藝術研究所，指導教授正是曉雲法師。我永遠記得蔣老師說，有一天上課，曉雲法師走進課堂便用他的廣東國語說：「天氣這麼好，還上什麼課？我們出去聽泉水聲！」

蔣老師學位論文通過之後，曉雲法師籌備了素席，宴請來參與評審的教授，蔣老師多次告訴我和一些朋友：「每一道都是以花入菜，美麗得不得了！」

可能因為這些因緣吧，我遂覺得與悟觀法師有緣，就多了幾次見面的機會，大多是我去高雄「深水觀音禪寺」或位於新北市的華梵大學拜見他，喫幾杯茶。

曉雲法師與佛深緣，卻直到中年證得能所雙忘，方才出家。圓寂前，他一生致力於藝術、教育和佛事，非佛不作，化不離宗。有很長的期間，他每一年都舉辦「清涼藝展」，冀望這也是一條滅除世間憂煩熱惱的路徑——以藝為佛事，佛事亦如藝。

有一次，得以拜覽幾件曉雲法師的書畫原作，不勝讚歎！曉雲法師不逐細節，筆力但探心要，他的筆墨揮灑自在而如初唐詩人之壯濶，一派大丈夫氣，橫遍十方，豎窮三際。

悟觀法師知道我愛寫字，也舉辦了一個手墨展；或許因為如此吧，法師要我從曉雲法師兩件墨竹、書法之中擇一，贈送我一件。我遲疑了一下，告退了片刻，走出禪寺外，點了一根菸。

回到座位，法師說他替我決定了，就送我曉雲法師的「清涼」二字。

在很短的時間裡，就是佛經所說的「剎那」、「彈指」之間，我覺知因緣如風吹拂我，我的心不再相對而有，忽而覺得荒涼，又覺得欣悅，像《楞嚴經》上說的「悲欣交集」……

這只是一幅字，但又不只是一幅字而已，是許多人生生世世熱惱中的希冀：一刻清涼，菩提現前。

我將曉雲法師的手墨放在有鹿文化辦公室，希望出入有鹿的朋友們都可以看到這幅字：「清涼」。其中沒有密意，因為心佛眾生，三無分別；但或許其中也有密意，因為我藉著一幅字，傳遞了兩位出家人的深深意。

「慢一點，不要急……」——雙菩提樹龕寫經墨

臉書如同日記，記下一些人間之可喜。

二〇一八年一月十二日，蔣勳老師在我臉書的一則po文留言：「一九九五年受邀去江先生南投別墅作客，獲贈江先生親自監製的兩錠『雙菩提樹龕寫經墨』。墨上各嵌細珠一粒。一九九六年先生猝逝，每次睹墨如見故人。二十二年，墨供在佛前，不曾動用。悔之勤於寫經，極為精進，轉贈此墨，伴悔之寫經，雙菩提樹龕主人當微笑首肯吧。二〇一八年蔣勳記事。」

抄經多年，原本只是為了自救於冰與火、躁和鬱；原本沒預想到會受邀辦了一次個展。緣起是二〇一七年五月母親節前後，我在梧桐木片上寫了一次心

經，題贈給小兒雲藏。抄經原來就像日常的功課而已。也是奇怪，從小心緒起伏之時，我都習慣「寫字」——寫詩、寫散文、寫書法，甚或有時只是紙上寫幾個字，我的情緒大多能專注下來、慢下來，彷彿因為動手寫字而能片刻繫心於一處。

寫完這木片心經，我用手機拍攝，po上臉書，幾日後，接到台北老字號畫廊「敦煌藝術中心」廊主劉芝蘭小姐的電話，說她看了我的臉書，並且和洪平濤先生討論過了，想邀我在畫廊辦一次抄經的個展。

我在電話中直覺的回應是：「妳失心了？但妳是這個世界第二位失心而邀我展覽的人……」

約莫六、七年前，因緣有日本文物之收藏，此「魚養經」乃由京都「好和堂」村山秀紀先生所悉心裝池，他是一位裱褙名家，長期和許多日本、國際的藝術家合作，他的裝池作品也常常以自己之名個展。

在祇園的「菊乃井」料亭，村山先生問我有沒有意願將一些手墨作品交給他裝池，然後具名在京都聯展，我當下覺得：村山先生失心了……

這件事，給了我很大的觸動，為什麼村山先生要邀我聯展呢？我個性那麼急，除了小學時臨過幾天柳體《皇英曲》，半生以來不曾臨帖，總是只愛讀帖任神思千里；寫字只是為了掣心一處而不躁動，抄經只是為了自救而已……

二〇一八年三月二十四日，《你的靈魂是我累世的眼睛：書寫觀音書寫詩．許悔之手墨展》在台北「敦煌藝術中心」展出，為期一個月；距離村山先生在我不惑之年詢問合作展出，於今我已是過了應知天命之年的人；月在青天影在波，唯一不變的是，依舊迷戀寫字，依舊相信字的深深處、深深意，就是心。

有一天，我取出蔣老師送我的「雙菩提樹龕寫經墨」慢慢磨墨，寫了一件題記，想及蔣老師送我的一片零頭紙書法，紙上說了此墨因緣。

我決定以「詩塘」的方式，送去裝池。

研磨之時，好芳香的墨啊，像一棵花樹；小珍珠在墨錠上，彷彿萬古長夜中放光的一顆星。

那天，我慢慢磨墨，在花香般的覺受裡竟日寫經，不知為何總是想到：長年以來，蔣勳老師對我說的話：「悔之，慢一點，不要急……」

日光月光遍照

二〇一八年三月二十四日，我的手墨個展將於下午三點開幕，近午時分，正準備接受一家媒體專訪，忽見多年未遇的書法篆刻家陳宏勉先生翩然到來，宏勉兄是日下午要去南方，所以先行到來，給我指正和勉勵。

宏勉兄並攜所治「悔之」名章贈送，印面剛柔融冶於一爐，字的形製自有造化，使我欣喜異常；個展之日，得到卓然大家以印為禮，心中如有印記。

在開展前數日，同事打電話告知，有一位先生留了禮物給我，但他如張翰般乘興而至，並未留下姓名，只說他會與我聯繫。

原來是青年藝術家孫福昇先生留下兩只天目盞，一盞送我，另一盞囑我轉呈蔣勳老師。

喜得福昇手作之木葉天目盞，忽而宋代如在眼前，神思穿越時空摶扶搖而直上也！我觀看之摩挲之，啊千利休若見此盞，應該也會歡喜吧。

以前都是在于彭兄府上聚會時見到福昇，他很安靜，聽著大家說話，而他自己絕少言語，但其眼色中，我看到有著地的寬厚、火的熾烈、水的柔勁、風的輕愁；他的人散發一種氣——如同顯現四大之交糅化生，地水火風，以前善工筆畫的福昇，於今以陶為藝，就是他的深心修行了。

他是一位隱士般的藝術家，我非常期待他的個展。

開幕之日，另有多位藝術家朋友到來，許雨仁、郭思敏、連建興、吳耿禎、李默父……等等；以岩彩畫受到矚目的青年藝術家陳珮怡小姐也到展場，她攜來一件自己的作品為禮為賀。

之前與珮怡平生素昧，得此厚禮，我想的竟是應該奉上酬勞，不應平白受一位專業年輕畫家之禮，畢竟她是以畫事為志業為衣食；我這詢問的行為雖然世俗，卻是內心自然直現，但終究不為所允。

是日人來人往、東忙西忙，夜深時才沉靜下來，我靜靜的觀看珮怡所贈的畫作，從忙碌的疲累中瞿然醒來，啊！岩彩錯落紛然，精緻考究的筆法中竟有潑墨之奇趣，似黃金化屑而為流光，亦如一莊嚴世界之造像！

畫面的左上方，有一日但又如月似星，難以言說究竟是什麼，其光兼有熾然曖然皎然，喚起我內心深刻廣大的寧靜和潤遠，幾乎都要掉下淚來，髣髴許多生之苦，得到了安慰，這就是藝術或近於悟的力量吧——神來秋水碧，神會也無涯；我心皎如月，教我如何說？

心如工畫師，能畫諸世間。啊，彼大莊嚴世界所有菩薩。因此畫未題，我遂命名為《日光月光遍照》，日光遍照菩薩、月光遍照菩薩……。

我的辦公室裡，放有一張第十七世大寶法王噶瑪巴尊者的親筆簽名照片，我將《日光月光遍照》安放在法王照片旁邊，以此畫中之心，做為供養。
日光遍照，月光遍照，那麼諸供養之中，以法供養為最上乘了。

水影中的宇宙

「納須彌於芥子」，說的是不可思議的心量，那沒有邊界、限制的包容，有的時候，也可以意指藝術的觸動力量吧。

二〇一七年七月八日到十月八日，由東海大學美術系吳超然教授所策展《記憶的交織與重疊：後解嚴台灣水墨》在台中「國立台灣美術館」登場，集多位水墨藝術家作品於一展，體大慮微，考掘了後解嚴迄今，台灣水墨創作之縱深，甚為精采。

溽暑時分，承超然兄在館內為我們一行數人導覽解說，一件一件作品細看，因他指月見月之功，也略管窺水墨之豹。其中有一些藝術家本來就熟，有些則是知之許久，但有一些確實不熟，其中有一位陳念慈，正是原本我所不熟之人。

她的作品實在很吸引人，在或繽紛、壯濶、奇思、妙想的各家展覽作品中，顯得寧馨靜雅又道氣沖盈，宛若百花爭放時節，春光如此好，幽蘭之不肯爭。

吳超然教授曾經在評析陳念慈畫作時，如是說：「一條線，可以只是描繪造型，或是筆在紙上走過的痕跡，但是回首她所走過的生命歷程，這卻是一個自我印證與提煉的過程，因而賦予了線條在畫面上的生命感。」確是對陳念慈畫作直探堂奧的點評，也因此我算是初步了解這位藝術家的特色。

後來，超然兄親自掌杓，我有機會去他府上喫好菜、長見識。席間，超然兄提起半隱居於花蓮的陳念慈心念之專注、畫境之動人，還有她的因緣學佛、面壁於大自然萃取畫作精神。在陽台抽菸的時候，超然兄突然說：「我一直想開車去花蓮找她，你要不要一起去？」我忽然愣了一下，那一刻，我知道像超然兄這樣剛正不阿、卓然不黨的藝術史學者、犀利的評論家，是多麼欣賞陳念慈的作品了。

在那之後，幾經思慮，陳念慈在國美館展出的幾件作品中，有一件名為《水影》，就掛在有鹿文化辦公室了。

畫廊經理詹春瑩小姐建議把《水影》掛在我的辦公桌左邊白牆上，牆面雖不夠大，總是獨立、完整，足以容納，我遂開始了與《水影》日日相伴的日子。

《水影》掛在左手邊，我總是會抬頭左望，有時讀書看稿盯著電腦而倦了，就索性站到畫的前面，觀全幅於一覽，或挑局部細看。名為《水影》，其實視之又若複疊之花瓣，相疊於無重力、無重量的平面；也如同一膨脹外擴的宇宙，還在用力要推出更遠的邊界，如同一種巨大的意志、一種莫名的力量。畫中的留白處，是羅蘭・巴特口中所謂的「刺點」——像是漏斗之口孔，像縠縠星雲乍現破口處，像蟲洞——變成了觀看者的心可以居有而實無所住的一種逃逸路線。

至於畫面的邊緣處，渾似顯微鏡下，雪花、冰霰之內在結晶構成，看似亂針刺繡，而又化不離宗。不苟的一筆一劃如此千線萬線啊如織線、似銀針，髣髴要縫綴起生生世世記憶的漏失、忘失。

不只「納須彌於芥子」啊，是納宇宙於一滴水影。

佛坐水旁，水上有影，畫人不敢直視莊嚴美好的佛陀，遂觀水上之影而記之畫之，這是西藏「唐卡」藝術起源的美麗傳說。看《水影》時，我總不免從亂想到觀想——從混亂的心到統一的心。

想什麼呢？一日在天，日影在河，二人東西各去，則各有一日，隨二人去。

站在水影之前的我，有時覺得精神被攝入了，因而進入了水影如鏡之中。

李賀句「鏡中聊自笑」，我是水影鏡中聊自看，且天天參個「水影」的話頭吧，看到水影深靜處，幾乎忘了有一人名叫「許悔之」。

「黑犬之父」李默父

書法篆刻家李默父是我這幾年來認識的青年好友之一，大概在初相識的時候，我就決定交這個朋友。

人過中年，與舊友老友的默契已經長年，有時不需說太多話，即可彼此心意通曉；交新朋友，則往往要費時間認識熟悉，對一個過了中年的人來說，太耗心神了。

我原本並不認識李默父，但常常從他的臉書看到精采的書法篆刻作品，看久了，就覺得彷彿理解了一些，也不生分。

有一年，小說家施叔青回台灣，打電話給我，說她想找人拜學一小段時間的書法，問我可以找誰。我腦中浮現了幾個人名，但最後我向施叔青推薦現實裡我完全不認識的李默父。因為我在他的書法裡，感覺到一種能量，一種性情，應該和施叔青可以契合對話。

我就和施叔青同一天認識李默父了，因為我約她一起去參觀李默父的個展。

默父，把字拆開來是黑犬父——黑狗的爸爸。這並非李默父的本名，而是他和一隻黑色可卡犬的因緣。

念台藝大的時候，默父在路邊撿回一隻因為近親繁殖而諸多缺陷的純種黑色可卡犬，默父喚之Baby小黑，是他養的第一位毛孩，從大學二年級的時候開始照顧，前後數年。

小黑從路邊被默父撿回，就有嚴重的皮膚病，過幾年，則相繼失聰、失明，當年醫生說牠的壽命不會超過半年，而默父抱著陪牠最後一程的心情，每天二十四小時待命，抱著牠去「吃飯喝水尿尿睡覺」，如同修行，甚深因緣，一起行過了六年；默父是這隻黑犬的眼、腳、看護、父親。

我也曾經養過一隻米格魯，所以當知道「默父」之名的由來，我便決定交這個朋友，正因，人若無真性情，其藝何能動人！

默父治印，刀下可以俐落大氣，也可以玄思細膩。他的書法，乞靈於臺靜農先生之精神跌宕，實又已自成一格。若說臺先生之書法沉鬱勁拔，將難銷之抑鬱化為拳打腳踢而終成曼妙有神、花開紛紛之舞踏；那麼，默父的書法則如藤生空中，自在恣意，隨風搖曳，精神瀟灑；精采處，更有龍入雲中的氣魄，致使雲湧現驚濤。

有一次，吳超然兄來台北，謝恩仁兄備酒，我則設宴歡迎大家，包括凌性傑、張佳雯、劉冠吟、李默父、Lala、吳挺瑋、沈季萱、陳芳玲諸友吃飯聊天，餐廳打烊之後，我們回到有鹿文化辦公室，繼續痛快喝酒聊天。

默父卻很快就要走了，我不解。默父說，他們家中有一老犬，須得回家抱牠下樓梯去便溺。

那一刻，我感到鼻酸，已經不太愛飲、已不善飲的我，遂大口飲盡了杯中的威士忌。

「青雨山房」的挺瑋和季萱

人要衣裝，筆墨要裱裝，因為書畫不只是一張紙，還需要旁邊的視覺氛圍和呈現空間，甚乃觀覽和藏納，都依賴裝池之功；筆墨仰仗裝池，就如同一棟建築物需要基地，才能夠真正的安住、成立。

知道「青雨山房」吳挺瑋、沈季萱伉儷好幾年了，真正相識是二〇一七年的夏秋之間。之前是青年藝術家吳耿禎常向我提起，他的作品如何與「青雨山房」討論、呈現，我辦公室裡也有耿禎的作品，是「青雨山房」裱裝（裝池）的，也常會聽到一些人提起他們夫妻對裝池藝術的用心和投入。

二〇一七年五月決定答應「敦煌藝術中心」的邀請，在二〇一八年三月舉辦個展，初步有些作品完成、整理之後，我去台中「叢礜齋」找蘇彬堯、陳湘玲伉儷討論裝池。也有些作品，畫廊先行和「青雨山房」吳挺瑋、沈季萱伉儷進行了討論。

初次在台北市八德路的青雨山房見到他們夫妻，是一個愉快的記憶，挺瑋學藝術、和我一樣射手座O型，季萱念中文，一派文藝少女；我們有許多共同的話題，包括他們夫妻喜愛並收藏的藝術家之一：于彭。

我就像一個白頭宮女，忍不住向他們夫妻說了很多于彭，其人其事其畫。再次見面時，季萱談起了曾在一個拍賣會，看見周夢蝶先生墨跡，她很想買，但價錢不低，所以忍痛作罷，而且季萱說：「每次有一些收入，挺瑋就通通拿去買材料什麼的，他是射手座啊，永遠不知道戶頭還有多少錢……」

當下，我的心中決定把僅剩的一件周夢蝶墨跡，送給他們夫妻。幾年來，我把手頭的周夢蝶墨跡，都分送給了有鹿文化的同事，因為他們是愛詩之人、我的夥伴，合應擁有喜愛的文學之物；唯一留下的一小件，因為上面題有我的名字，就一直留在身邊。我心想，眼前這對如此愛文學和藝術的年輕夫妻，送他們這周夢蝶墨跡，這留藏有年的小件，才真正發出互照的光吧。

我遂在一張日本寺院的小紙上，寫了因緣之題記，開心的奉上夢蝶先生之墨跡，做為我被他們感動的敬禮；因為那一天，當季萱提到周夢蝶的時候，我看到她熱切的眼光中彷彿有我年輕的自己。

詩是，言之寺，心之翼……。

後來，他們留下十幾件作品來裝池，手染各種可能呈現的裱料，不計時與工，不計心力之投入，甚至和工作室其他夥伴嘗試使用鋁粉等各種裝池之可能，給我的一紙又一紙加添了，那陡然煥發的靈光。

常常思惟人生因緣種種，在生命秋天的時候，認識挺瑋、季萱夫妻，令我常常於默中如斯欣悅！覺得對詩和美的喜愛與他們不二是一，我也彷彿可以幻覺，青春應猶不遠……

藍田日暖

半年多來陸續寫了一些冊頁，有擇抄維摩詰經句；或因為收了「小臨池館」陳發文先生所治之印，就用印一些，如同印譜而載記；其中一本，乃有一天用悟觀法師所贈的志野燒茶碗喝東方美人茶，覺得自己神清氣閒、腋下有翅，遂在三十年的紅星羅紋老紙之上，閒寫李商隱的一些詩，我自己從小喜愛的詩。

藍田日暖玉生煙。每次寫到李商隱這個句子，都有一種複雜的情感湧現，覺得這個世界在變形、無常之中，有一處最柔軟的角落，可以包攝一切，損害的或雀躍的，種種，無以名狀，難以言說的，都因為詩，得到了情感和心緒的緩衝和理解。

那彷彿是我們與世界的「非交戰區」，板門店38度線。憑藉著詩——以一首詩的時間，我們被理解了，被包容了，憑藉著詩，我們繼續在這個世界，愛己愛人。

幾個月前，一位朋友送了我幾方章，「日月長好」、「一生知己不多人」……，印文大多是朋友父親的人生看法和期望。朋友的父親已經逝世十多年，我因此也獲贈朋友父親生前珍藏的一些老紙，這各種之紙保存良好，紙老了，遂沒絲毫火氣，轉而溫潤如玉。在日光中看著這些老紙，啊，藝術，真的是時間的對話，所以好的藝術，其上、其中、其內，都有時間在流動啊……

李商隱的詩正是如此，瞬間把我們帶到一烏有之鄉，分不清是喜悅或是哀傷，也超越了喜悅或是哀傷……

接到一位朋友訊息，說幾年前以「醬油青田石」請人鐫了一方閒章「藍田日暖」，朋友雖寶愛之，但自覺用不上，也知道我嗜愛義山詩，朋友說決定送我。

我沒有辭而不受。就像多年前，有鹿文化總編輯林煜幃先生看到我新收藏、剛裝池好的兩件小品，我看到他的眼睛中露出純然喜悅的光，就贈送給了煜幃。世間一切，俱過手過眼耳！一件藝術品，在真正喜愛它的人手裡、眼中，才會說話。

李商隱詩冊頁，交在「御古齋」周博學先生手上，慢慢裝池了好幾個月，終於完成，用了自己送去的日本錦為裱料，美麗不可方物，超出我的想像。

從五月五日到六月三十日，為期兩個月，《文訊》月刊主辦的「詩人·書人·抄經人：許悔之詩文創作暨手墨展」系列活動在「紀州庵文學森林」（台北市同安街一〇七號）展開，奚淞先生與我談「心與手」，林谷芳先生和我談「修行人的詩」，還有一些文學界朋友參與，總共有十幾場活動、手稿照片文件展覽，甚至數位互動。在「古蹟區」裡，這本「試筆而寫義山詩」的蝴蝶冊頁，連同一些手墨作品展出，那些別人的詩，我自己的詩……

而待收到「藍田日暖」，我還會再寫義山詩。因為每一次讀寫李商隱，以為可能死滅、死絕的心，都會重新復活：

一隻被製成標本的蝴蝶
飛了起來

欣欣物自私

二〇一七年六月，有鹿文化的同事幫我編了一本詩集《我的強迫症》，詩集出版之後，瞬間已經酷暑；好友郭旭原、黃惠美伉儷以蔣勳老師為主客，舉辦家宴，邀請了幾位朋友去他們家歡聚。蔣老師到達的時候，帶著兩副小對聯，一副給旭原、惠美，另一副則賜贈給我，說是為我暌違十二年之後又出版新詩集而賀。

「寂寂春將晚，欣欣物自私」，送我的對聯，是杜甫詩作〈江亭〉的句子；暮春時分，安史之亂猶熾，身心陷在家國之憂的杜工部，在一刻的悠閒裡，體會到大自然化育之萬物依舊「欣欣」，或許也因此，杜甫有了一刻的靜心和了然——國破了，江山依舊在；天地大自然仍然照著秩序前行……。「自私」，在這首詩裡，是多麼動人的兩個字啊，我不免想到被流放多年的東坡，老了，累了，在寫給朋友的信上說：「惟晚景宜倍萬自愛耳。」倍萬自愛，多愛自己一萬倍，這是要費了很多的時間和折磨，才學得的自我提醒。

我知道蔣勳老師這副對聯要向我說什麼，大概是提醒我，不要任心緒常常為外境所惑搖，要跳脫出來，客觀化去面對更廣濶的秩序——美，甚或是不仁；一刻靜心之中，可以稍稍修補自己為人事、時局、世道所斲傷的心性吧。

在旭原、惠美家乍看蔣老師送我的字，我突然理解了一件事：王羲之愛鵝、養鵝，或以其體態動作而融入字中；蔣勳老師在台東池上住了許久，完成《池上日記》等二書，還有許多畫作；大坡池中，那些殘荷之梗，遂一一舖排在紙面，而成為這一副對聯了。以荷梗之形，化書藝之神，寫出來的字遂如此順自然、任天真，而有一些良寬禪師的味道了。

哪吒，不也是以身命返還父母之後，他的老師太乙真人藉著荷花、依三才而使之重生嗎？

「寂寂春將晚，欣欣物自私」，一副小對聯，其實是蔣老師對我的殷殷付囑；如同我四十初度之時，老師所送的一幅字：「是身如燄，從渴愛生」——維摩詰經的句子，也是蔣老師以字提點我的「不度之度」啊……

這副對聯懸於有鹿文化辦公室中，每日看見，我總會又想起〈江亭〉的另兩句：「水流心不競，雲在意俱遲。」水流心不競，啊世界如水在動，偶爾，我們可以不競不逐，如山之不動。

任爾東西南北風。

原聲童聲合唱團與阿貫老師

看過齊柏林《看見台灣》紀錄片的人都會印象深刻：一群小孩在玉山之巔唱歌，清澈明亮，歌聲瀰漫一切地，乃至大海的震盪，彷彿天地山岳雲嵐都要為之動容，諸天忍不住舞動；那是《拍手歌》，「台灣原聲童聲合唱團」的小朋友在馬彼得團長帶領之下，攻頂玉山而唱。

他們原本願意無償演唱，但拍片已經阮囊窘澀的齊柏林導演還是偷偷用信用卡捐了十萬元給合唱團……

後來，合唱團請贊助人捐了一百萬給齊導演當做拍片費用；大家為了理想都缺錢，但心中都先想到別人；這些人，是台灣最古意又美麗的典範。

「台灣原聲教育協會」理事羅綸有曾經在一篇文章裡面這麼說：「但真正讓原聲如此不同的，是布農族的信仰，他們相信歌聲是唱給祖靈天神聽的，馬校長希望合唱是發自內心的，是用心靈唱出來的；唱出對生命的敬畏，唱出對生命的感動，是原聲合唱團每一回站上舞臺表演，所追求的唯一目標！」

馬校長，正是帶領「原聲合唱團」的馬彼得校長，也是團長。

「原聲教育協會」之中，有許多奉獻的志工；羅綸有先生是我念復旦中學國中部的學長；其中的廖阿貫（廖達珊老師）是我們在復旦中學的生物老師。

我在念復旦中學國中部時，開始和世界格格不入，充滿不安和憤怒，很快抽菸被記了大過，還有其他不合體制的行為；我是班導眼中「該生天資聰穎，然行為乖張，若不嚴加管束，他日定生大禍」（班導師寫在聯絡簿之語）的學生，距離退學和被社會體制逐出不遠。

擔任輔導室主任、教生物課的廖達珊老師，把我從自我放棄和被放捨之中，撿拾起來，叫我待在輔導室，給我茶水、零食，就近「監管」，避免出去滋事惹禍。我因為無事可做，如同「閉關」，就開始一首又一首的背《古詩源》，看《中外文學》裡，林文月老師翻譯的《源氏物語》……

廖達珊老師後來去了建中教生物，其後和一些志同道合的夥伴創立「原聲教育協會」，致力原住民文化及降低資源落差，他們帶領「台灣原聲童聲合唱團」到全台灣乃至世界，演唱一種純淨上天聽的聲音。

達珊老師並且取了一個布農的名字：「阿貫」。

國中畢業後，我躲避老師三十多年了，一直不敢和她見面，像是「近鄉情怯」，也有自己那內在不敢直視的心靈黑洞吧。

四月二十二日，是我首次手墨個展的閉幕日，老師特別抽空來看，但因為下午我必須在誠品書店主持朱全斌新書活動，老師的車子快到敦煌藝術中心時又被擦撞，所以，沒辦法在畫廊為老師導覽。傍晚我趕回到畫廊附近，和阿貫老師、周美青女士，還有多位原聲教育協會的朋友林靜一、車和道……等人，一起吃飯。

闊別重逢，不成材的學生和恩師緊緊擁抱。

其實，三年前，阿貫老師就曾命我替布農的天然、無農藥的「依然茶」包裝寫字，也約了我見面取茶，但我始終閃躲，不敢直面自己少年時的心靈黑洞，直到個展閉幕之日，阿貫老師來了，我再也不能閃躲……

啊，人身難得，明師難遇，佛法難聞。

而想到有這樣多美好心靈放光放熱的台灣，我也因此，愛之不捨吧。

用大尺丈量大地——郭旭原與黃惠美

我們用顫抖的手建築
一塊一塊往上堆砌
……
有時在夢中
我可以俯視
妳的空間
從深深的基礎
到屋頂金亮的尖端

……

這是德國詩人里爾克（R·M·Rilke）的詩〈我們用顫抖的手為妳建築〉的句子。

處在變動、不安的年代，尤其在都會之中，我們的心，都期望能夠像里爾克的詩一樣，在擠迫的大環境中仍然保持詩意之優雅，得心自在有若雲淡風輕吧。

好的建築，就像是大地上的一首詩。

成立於一九九八年的「大尺建築設計」，負責人郭旭原、黃惠美伉儷是我的好友，相識多年，因而知道他們公司的設計理念：回到對這個時代環境與人的認知與價值對話，建築設計需反應這時代的精神內涵，而建築亦需回應「環境場所」與「人文為本」的呼聲。

因應各種不同的尺度與計畫，大尺著重用「素直之心」、「別具隻眼」去看待，並體認空間的問題必須突破機能的需求，將建築視為藝術的表達，外相與內涵泯除界線而盡力合一；這樣的特色，在他們為友達光電設計的「技術發展中心」，最能看得出來，自然諸物和設計的人為建物相融於其中，互適不爭，自有禪味詩意。

大尺深信建築的擘劃和執行，需跨越室內、景觀甚至其他領域的跨界整合，最核心的理念是，具有創意的設計能與環境、自然同聲息共呼吸；有時以少為多、有時以退為進，建築之秘境或如桃李不言而匀美長成，則下自成蹊。在熱鬧的台北他們也可以創造出如此的空間——「富藝旅台北大安」將一棟老建築，活化新生為光照炯然、趣味洋溢，於其中行走時，處處看見時間流動，是光影和歷史的空間詩學……。

做為有著佛教信仰的建築師，旭原、惠美深知，當今工程技術如此進步與成熟，設計的初始與建築的自身，也該回歸如何面對、回應我們所處的這個脆弱的地球環境。

是以有時我看大尺的案子，他們面對基地，心中往往想的是如何從環境與自然的條件，進行設計風格的想像與實務邏輯的推演。因為宗教的涵養，他們的設計總是泛現貞靜珠光，從不喧嘩，如同君子謙謙，又玉振金聲；甚至，他們有些設計常常「退，碎，綠」……。

以退（後）為德，不敢為大地先；以碎（化）為思，不願量體超大而成為壓迫物；以綠（綠化、綠能為概念）為美，則建築與造化自然和諧；所以他們的許多設計案子，總是使人怡然自得、詩意充盈，即之也溫。

獲得設計大獎的「誠品行旅」，以「書本」和「藝術」為元素，使得場所的精神在優雅中又有妙想奇思，彷彿每一個空間的角落，都打開了電影《艾蜜莉的異想世界》之中那個神奇的盒子……。

認識旭原惠美伉儷也好多年了，在建築設計的專業之外，他們其實對佛教、慈善、文化，都多行布施，常常使我覺得與他們為友而心生溫暖。

歡喜而施，而心中並無「施者、施之物、受施之人」，他們這樣的作為，是佛教所謂的「三輪體空」；也使我想到《金剛經》中的話：「菩薩於法，應無所住，行於布施」——「大尺建築設計」用大心的尺度丈量大地而建築，至於對菩薩行者而言，心中不須有尺，自有七寶具足。

六祖壇經4.0和孤獨管理

莊子：「獨與天地精神往來，而不敖倪於萬物，不譴是非，以與世俗處。」這個「獨」，是指自己一人之精神，與諸事萬物能和諧共處，無有高下之分；所以優游自適，無處而不自在！

但是人心不平，喜歡比評競爭，所以從古至今，自適自在的人寡矣，在人群之中覺得痛苦、孤獨的人，多哉！

東晉時候有兩位著名的書法家王羲之、王獻之，是為父子，世稱「二王」。在「有鹿文化」辦公室，有時和夥伴談到作者，我也會說，我們有鹿的「二王」作家如何如何，夥伴們知道，我指的是：王溢嘉和王浩一。

二位先生，都嗜史博學，廣涉深究許多知識，書寫方向未盡相同，筆端卻都同樣的關心人類的生存狀況和精神處境。或許因為他們青年時，正逢台灣「存在主義」思潮盛行吧；我認識的「二王」，都習慣於坐讀沉思，涵泳於天地和歷史之精神而思索做為人能如何，摶扶搖而直上……

王浩一，前中年期之際，在台北的國際貿易公司擔任高級主管，因為全球產業代加工的變遷，他負責結束了公司，也「遣散」了自己。未來未知未卜，他選擇去了台南，一人獨居，踏查府城，深研易理，而在中年之後成為一位重要的作家。他是深解孤獨之味以及孤獨的力量之人，思索多年，他從失智的母親寫起，完成出版了《孤獨管理》一書。

二〇一八年一月十七日新聞，英國首相梅伊（Theresa May）任命翠西・克魯希（Tracey Crouch）為「孤獨大臣」（Minister of Loneliness）。這則新聞指涉了這個時代，孤獨，已經成為生存的心理常態。王浩一的《孤獨管理》一書，如同有著王攀元畫作般的滋味——孤獨，是可以全面而深入的去體會，去面對，去處理，從而使我們的生命在孤獨中依然保有自適之高貴。

從佛教而言，「心生萬法」，「一切法從心想生」。孤獨，是處境，其實也是心境。作家王溢嘉近日則完成出版了《六祖壇經4.0》一書，去處理了千年來的一本經典的核心理解。

王溢嘉認為：《六祖壇經》看似佛經，但其實是一部談「生命追尋」的書。原本比你我都平凡的惠能，在一個遠大夢想的召喚下，一步一步向前行，最後成為改革中國佛教的一代高僧、創新中國文化的偉大思想家；而他在《六祖壇經》裡的講道說法，其實就是在和我們分享他生命追尋歷程中的寶貴心得。

王溢嘉解析惠能與壇經所示現之真義，是「成就更好人生的生命原力」，有著非常清晰易懂的歸納、導讀和引論。我從十三歲初次讀到《金剛經》和《六祖壇經》，《六祖壇經》就一直是我的案頭和床頭之書；而王溢嘉這本《六祖壇經4.0》，分為「覺醒」、「實踐」、「療癒」、「超越」四卷，為我另開隻眼！

佛經云：「人在愛欲之中，獨生獨死，獨去獨來，苦樂自當，無有代者！」

生命、孤獨、死生，大哉矣！身處一百二十二年來，五月平均溫度最高的這個年代，或許閱讀二王二書，是一個心清涼、除熱惱的選擇。

從《黑潮漂流》到《漂島》

認識作家廖鴻基，始於一九九五年，一九九六年他和幾位人士在花東沿岸進行鯨豚觀察，那時的鴻基也正開始發表作品，以一種特殊的文字血氣和觀察場域——海洋，做為他書寫的主題；很快吸引了眾多讀者的目光，因為鴻基將大家帶領到更遙遠更遼闊的地方。

我曾經多次跟隨鴻基坐著漁船出海，去做鯨豚與海洋的觀察。那時我是自由時報副刊的主編，在沒有網路傳輸的時代，底片或照片必須沖洗出來，送回報社才能製版。我的第一次「記者」生涯，是報導鴻基和一群朋友發現並拍攝了一群虎鯨，當天我完成了生涯的第一篇新聞報導，由花蓮的駐地記者將照片送回報社。

第二天，照片和我寫的報導刊出了，是頭版頭條，透過廖鴻基，大家更知道原來台灣沿海有那麼多鯨魚和海豚，以及美麗多元的生物生態。我到今天一直保留著這張報紙，像是一種深深的感謝——感謝我的一位作者，我的朋友廖鴻基，讓我有機會跟隨，去發現比陸地更遼闊更美麗的海洋之詩……

二十幾年來，廖鴻基著述不斷，用不同的經歷和角度描繪敘寫了台灣的海洋乃至航行遠洋，成為台灣重要的文學作家之一，因為他讓我們知道：一群鯨豚、一群飛魚、一隻海龜、一尾鬼頭刀，都不需要擁有護照，牠們擁有無邊界的海洋。

我與鴻基為友二十多年，編過很多鴻基的書，我們很少見面，甚至有時長達半年，有一次鴻基參加了一個遠洋航行計畫，到達新加坡的時候，他向船長借了衛星電話，打到我的手機：「悔之，我是鴻基，我坐的船航行到新加坡，靠岸了……」

我偶遇困頓時，會去花蓮找鴻基，他到機場接我，問我要看山還是看海，待我回答以後，接著我們就好幾個小時沒有說話，因為我知道，我們的友情並不需要太多話語，會心，不遠。

二〇一六年夏天，我參與了鴻基和「黑潮文教基金會」主辦的「黑潮一〇一漂流計畫」，鴻基坐在塑膠方筏之平台上，無動力的順著「地球的大動脈」——黑潮，而漂流；同時，我建議鴻基邀請導演黃嘉俊一同參與和拍攝紀錄。

二〇一八年，廖鴻基的《黑潮漂流》出版了，做為跟隨他在黑潮之上的夥伴之一，我覺得自己非常幸運，因為鴻基和他的書寫，我也可以因此體會在大海之上，那麼深刻的省視內心，那種悲欣難分的孤獨和自由……

紀錄片《漂島》，從二〇一六年夏天，正式在台灣東岸的太平洋黑潮之上開拍，共計兩年的製作時間，預計在二〇一九年上映。電影的兩位主角，就是漂流黑潮的鴻基和水下鯨豚攝影師金磊，這兩位不同世代卻同樣把海洋當作生命場域，追逐自由和夢想的男人。拍攝地點，除了台灣東岸太平洋和西岸的澎湖海域，也遠到了日本、斯里蘭卡、阿根廷等地，更在南太平洋東加王國拍攝到近二十隻大翅鯨水下追逐的珍貴畫面。《漂島》得到文化部的補助以及趨勢教育基金會贊助，所以進行順利，出品人是陳怡蓁，監製朱全斌，導演黃嘉俊，攝影張皓然。

黃嘉俊（我們大家都叫他「黑糖」）導演的《一首搖滾上月球》曾經令觀看的我，淚流滿面。他是一位充滿生命氣力和同理心的導演，我非常期待這部影片的上映，我也相信，這部影片會觸動許多許多無法看到海、感覺海的人，因為海，不只是海，海可以是從我們心靈和陸地延伸出去的遠闊的「藍色夢土」……

大化之中的簽名——憶于彭

日前收到《于彭的無涯山水：最後一筆才是開始》，這是由藝術家于彭的妻子何醇麗主事，在《典藏・今藝術》、「立青文教基金會」協助下而完成的一本紀念集，看到紀念集的時候，突然有一種宇宙性的荒涼襲來，覺得洪荒以來，人，因為有情，又能以話語以及各種方式的表達交談，所以，喧嘩之後，最為寂寥。

二〇一四年秋天，于彭兄仙去之前，我曾經接到醇麗嫂子的電話，大概有邀我去看于彭兄最後一眼的意味，那時我回答她，說自己身心虛弱，沒辦法去。到今天，我都未告知醇麗嫂子，自己為何如此。我是真的沒辦法去。幾年間，親眼看著兩位因為肝疾而辭世的兄長般好友：台大外文系教授吳潛誠和文建會（現改為文化部）二處處長黃武忠在醫院床上最後一刻的樣子，我的心實在無法承受，再看一次于彭兄了。

于彭兄離去的那一晚，我在家拿了十只酒杯，各倒了一些威士忌，頃刻之間盡飲十杯，一舉累十觴，讓自己快快就醉了。醉倒之前，心跳猛快，心臟像是要爆裂，有一種廢然的快樂和絕望——身而為人，有時真是寂廖、哀傷、苦痛太多了；我想起徐渭，也想起以前和于彭兄喝酒的時候，有時喝了很久很久，他會突然為自己倒一杯啤酒，然後附在我耳旁說：「悔之，我要喝啤酒了，每次喝了啤酒，我就會醉，但求一醉……」

我其實沒那麼愛喝和善飲，全然是因為于彭兄的待人溫厚和通透博知吸引了我。有時聽他講筆意、墨趣、老紙、老莊、氣功、遊歷，有時喝酒時，聽他講元四家，有時聽他說二個兒子小魚兒和小柱子的事；他使一切那麼有情意和滋味，所以有兩年時間，我欣然用飲談通宵的肝疲勞來交談，聽他談這說那。

當然在飲酒中，也有長長的沉默，無聲之聲，我也覺得很好。

第一次去探望罹患肝疾的于彭兄之時，他因為腹水和劇痛，從家中二樓下到一樓，花了兩三個小時，然後和我們幾位朋友對坐。他如此虛弱，卻又怡然自適；明明死亡已經那麼逼近了，他用一種極為澄明無懼——甚至是如嬰兒之未孩的眼神看著我們，那時候我真正知道，他對「縱浪大化中」的言、思、行皆證得——在他的作品裡，於他的生死間。

我珍藏了一些于彭兄的作品，有兩件，是他寫贈我兩個兒子；有一張，是第一次見面，初見如故，他用我辦公室裡日本「溫恭堂」名筆「一掃千軍」頃刻完成的大畫；每一件作品的時空，我都記得清清楚楚。其中一件一二〇號的油畫《桃花源》，是我向他訂製的，跨越了三個年頭，始乃完成。畫送到我家，才發現本來的簽名，不知哪兒去了，我向于彭兄說此事，他說：「一定有的，你想像我就像宋人，簽自己的名字，藏在樹裡花間……」

二〇一九年三月三十日到六月三十日，台北市立美術館將主辦于彭回顧展，由吳超然教授和北美館共同策展；我當然會去看，如同此刻在家看著《桃花源》之心情：「啊于彭大哥，真的，大化之中，到處都有你的簽名啊……」

找到薇薇安．邁爾

看過紀錄片《尋秘街拍客》（Finding Vivian Maier）的人，大概很難忘記片中薇薇安．邁爾的聲音檔案——她的自述：「我想沒有什麼是永恆的，我們必須讓位給別人，人生就像摩天輪，坐上去後總會抵達終點，其他人也有同樣的機會體驗一輪，繼續下去。不說了，我得趕快到隔壁幹活去。」

薇薇安．邁爾是誰？

不知道為何，她讓我想起張愛玲。張愛玲說：「生命是一襲華麗的袍，上面爬滿了蚤子。」薇薇安．邁爾的攝影，使我想起他們性格的一些雷同：獨身、索居、孤僻、囤積。囤積當然包含記憶和紀錄的文件——薇薇安．邁爾一生在遷徙之中，所有拍攝的底片都帶著走，甚至必須租借倉庫存放而往往付不出租金，以至於身後，倉庫中的底片被便宜拍賣，經過他人架設放置她攝影作品的網站，成為這個時代的傳奇。

她成為時代的傳奇，並不像天才早慧的張愛玲，張愛玲說：「成名要趁早。」薇薇安．則是拍照拍照拍照，只有拍照這個行為本身，別無其他發表或成名的企圖。他們倆人成名的時間差，剛好反襯了兩個極端：積極和無為。

薇薇安．邁爾是當代街頭攝影神祕卻美麗的一顆星；一位神祕保母，一生拍過超過十萬張照片，卻一幀都從未正式發表過。一個二十世紀偉大街頭攝影師，直到二十一世紀靈魂才走上街頭。讓我們看到一位天才藝術家如何以「無為」的方式，直探人在空間中的神魂而「影之」，空間、時間、人間，都凝固下來了，觀之又如時間之河潺潺流動……，她留下了具有穿透力的影像。

攝影集《找到薇薇安．邁爾》（Vivian Maier：a photographer found）中文版面世了。「失物已領—薇薇安．邁爾的人生與攝影」——梅爾文．海弗曼（Marvin

Heiferman）在書中的導讀這麼說：「邁爾囤積照片，我們也是。為何不呢？就和邁爾一樣，我們在世能四處遊蕩、感嘆並記錄生活體驗的時間並不多。」我們的一生總是在囤積和清理，只有極強執著及意志力的人，如薇薇安·邁爾，一生只做一件事：攝影。一直拍照一直囤積到生命終了，這件行為本身就像是一個「行動藝術」，而且絲毫不帶著社會意識，就是為了「自己喜歡」而已。或許就是因為這樣的純粹、無為，才使得她的攝影作品，動人甚深吧。

好多年前，攝影家沈昭良曾經邀請張照堂先生和我，在誠品書店談森山大道的街拍攝影，我約略用了一些哲學式的觀點做為論述。那麼，我反問自己，如果有一個座談會，要我談薇薇安·邁爾，我會怎麼說呢？

我或許會這樣說：薇薇安·邁爾的一生和作品告訴了我們一件事，有時跡近沉悶、無聊、憂苦、孤獨的人生，做一件純粹而無為的事——比方說攝影，也就如同禪坐，或「老實念佛」了。

班雅明和連建興

一九九一年，剛創辦不久的「誠品畫廊」舉辦了「呂振光、連建興雙個展」，我站在那個展覽的一件油畫前，完全無法控制且近乎「求不得苦」的生起了一個念頭：如果我有錢可以買這幅畫就好了……

那件作品的名字是《陷於思緒中的母獅》，一五〇號的油畫，一隻母獅在蹺蹺板之上，維持著一種神祕的平衡，像是要一躍而下，又若有所思；畫面環境的原型是台灣東北部可見的廢置廠區，又彷彿可以把觀者帶到羅馬競技場。在廢墟裡——過往已經成為廢墟，未來的風暴即將襲來；但現在，我看畫的這一刻如此寧靜，畫面的一絲憂傷之感，成為一種詩學的力量……

但那時，才剛剛上班不久的我，怎麼會有錢買這件作品呢？雖然那時候，連建興的畫價真的非常便宜。但我真的沒有錢可以購買收藏這件作品啊，我甚至沒想到：住的小公寓，連掛這張油畫的牆面都沒有。

但我多麼喜歡這位現實中並不認識的畫家的作品，我多麼想要擁有這張畫……

一九八九年，在「三原色畫廊」第二次個展，可以說是連建興「表現主義時期」的作品，當他被誠品畫廊邀約，將參與一九九一年這個雙個展，他回應，作品風格會不同。接著他便以一年半的時間準備，展現第一階段的「魔幻寫實」風格，十二件大、中、小作品系列。展後得到誠品創辦人吳清友先生的讚賞，就跟誠品畫廊合作了長達二十年。

連建興的作品，有其時代意義，剛好呼應台灣產業轉型、經濟起飛的繁榮景氣，對照過往被遺忘的傳統產業，提出對台灣環境保護、自然關懷的創作省思，並且自然而然、毫不說教的伏藏其中；那麼美，那麼私已，又那麼有公眾性！連建興的畫作因而得到很多識者之迴響。

但在這種社會性符碼環扣之下，連建興更有著深邃美麗的個人心象呈現：原始洪荒與美麗自然拼貼無礙，渾然為一。恐龍，蜥蜴，沙漠，青山，綠水，海龜，廢棄的游泳池，背上長了扶梯的鯨魚……

他建立個人獨一無二的創作特色，是的，他的畫，不只是畫而已，對我而言，是遼闊深邃的人類生存處境、精神史詩、世界的寓言。

在一九九〇年代各種評論者撰寫的台灣美術史文件之中，年輕的連建興因為勇於突破之果敢，而如雛雞之生，啄啐同時，破殼而出了。那段時間，幾乎所有的美術史論述，都有了他被看到、期待的位置。

一九九七年，我和一位知名畫家，聯袂去拜訪連建興。他的一樓住家窗戶之外，種有許多美麗的草花，他的畫室卻在狹仄黑暗地下室；那位畫家問他為什麼不在一樓創作。我忍不住代建興這樣回答：「只有在這樣的黑暗之中，才能回到精神的子宮，才能感覺更純粹的光度……」

在前面領路，走在樓梯要上一樓的連建興突然回頭，說：「許悔之，我要畫一張畫送你。」

之後我就忘了這件事，一年多以後，連建興打電話給我，說他畫送給我的作品完成了。我強迫建興收了我的「感謝紅包」——當然不及他的市場畫價，以及一對布拉格手工水晶紅酒杯和醒酒器。

這件作品，我把它命名為《消失的亞特蘭提斯》，在海底之下，消失的亞特蘭提斯依舊燈火燦爛，一個潛水夫和一隻抹香鯨相伴而游……

這張畫，就永遠掛在我住處的牆上。有時我想到德國思想家、作家班雅明，為了逃避納粹迫害而流亡，流亡的他，為什麼身上始終帶著一幅畫？

後來我知道為什麼了。如果我是班雅明，這件《消失的亞特蘭提斯》，我將會帶著它逃亡。

台北市音樂季

曾經寫過一首詩，大意是說，音樂帶領我們幻化為一隻蜻蜓，揮動黃金的羽翼，飛在水面之上，可以永不歇息……

那時，我生命即將進入前中年期，射手座O型的我，和老闆相處關係不好，經營業績可以，但工作壓力很大，所謂「江湖是非」也多；曾經有一段時間，每天進了辦公室，都非常焦慮，非常非常不開心。

那是CD流行的末期，MP3和燒錄器已經開始改變唱片公司傳統經營和獲利的方式。我的辦公室有一組音色音效呈現還不錯的迷你音響，我常常藉著聽音樂，乘著歌聲的翅膀來逃避。有一天在自己的辦公室裡，完全不想工作，覺得恐慌胸悶，像一隻籠中鳥，非常想第二次辭職——因為我第一次辭職失蹤被找到被勸留了。那一天，我一直勸自己，要像希臘神話中的伊卡魯斯，就算是蠟做的翅膀，也要勇敢飛向太陽。

我翻出一張CD，黎煥雄在EMI工作的時候，邀約小提琴家胡乃元的錄音製作，胡乃元演奏的帕格尼尼。CD開始播放，奔放恣肆的帕格尼尼被胡乃元呈現出一種莊嚴而又優雅的喜悅！我感到自己被限縮的痛苦的心，突然無比的釋放和自由，在樂音淙淙裡，感覺自己像一隻有黃金羽翼的蜻蜓，可以再飛行下去。

音樂，多麼神奇啊！法國作家馬拉美如是說：「音樂乃至高無上的存在！」

一九七九年，「台北市立交響樂團」籌辦「臺北市音樂季」，首開國內大型音樂系列活動之先河。一九八〇年增加舞蹈演出，改稱「臺北市音樂舞蹈季」，一九八一年又增加了戲劇演出，更名為「臺北市藝術季」，並敦請張大千先生題字。「臺北市藝術季」舉辦三十年，直至二〇〇九年因為「台北藝術節」的舉辦而轉型。

何康國教授自今年二月接任台北市立交響樂團團長一職，在台北市文化局、北市交的規劃行動之下，二〇一八年，台北市音樂季又要重新登場了。二〇一八台北市音樂季，包括音樂劇場、瓦格獻禮、名家精選、星光系列、室內沙龍、森林音樂會和系列推廣講座等各種面向的音樂表演活動，首推節目即為劇場煉金師海恩納．郭貝爾的音樂劇場《代孕城市》，期待為台北市音樂季帶來新的一頁。

五月，我接到從未謀面的團長何康國教授電話，希望我為重新啟動的「台北市音樂季」寫字，直式、橫式各一款，供台北市音樂季活動使用。我感覺自己的心像觸電一樣，遂不假思索就答應了。因為那一瞬間，我想起聽胡乃元演奏帕格尼尼音樂的那個下午——唯有音樂，挽救一切的神奇下午；因為我也想到近四十年前，年紀已過八十、視力不好的大千居士，寫出那麼大氣磅礴的「臺北藝術季」；而今，做為一名書寫之人，我將寫字，用字來對美好的音樂和藝術家大千居士，表達一名音樂、藝術愛好者之深深敬意。

我捨棄了自己寫大字時慣用的韓國筆，也放棄了追求「比較好看」的字這樣的念頭，用一枝珍藏的筆寫「台北市音樂季」這六個字，希望呈現出我心中對音樂的有聲、無聲、快慢、強弱，那其中「二元是一」的詮釋；而且寫出來的字，愈鈍愈拙，愈為我之所期望。我用的筆，是一九六〇年代，張大千託人從數千頭英國黃牛耳內，「九牛一毛」地採集絨毛一磅，委由日本製筆名店「喜屋」監製的「藝壇主盟」長鋒大筆。

手頭的這支筆，存在世間久矣，但從未被使用。朋友的藝術家父親捨不得用之，卻已辭世多年，這支筆被珍藏至今，朋友贈我而為我所有，因緣相續，心意殷重！所以在寫字的時候，我的心中，充滿了莊重的敬意。

何以解憂？朋友與杜康！

「生命中總有甚至連舒伯特也無聲以對的時刻」——這是作家Henry James的名句，也是我們生命中常常面對艱難時刻的心情吧。

二〇〇八年，我辭職離開工作多年的公司，婉辭了一些工作的邀請，想要去嘗試不同的行業，畢竟我的人生，所有的工作都和「文字」有關。

那時不知道自己真的最想要做什麼，也害怕被人詢問未來的打算，有一段時間，我都躲在家裡，才知道社會及公眾對「個人扮演角色之必要」的可怕制約；曾經我以為，自己算是個頗敢笑傲江湖的人……

有一次去已經裁撤的行政院新聞局擔任評審，所有認識的人都在問我未來要做什麼？事實上我也不知道，我有一些工作的選擇，但上班多年的我已經非常疲憊怯懦，害怕貿然又投入工作。

那時我不是躲在家裡，就是去好友謝恩仁在中和放紅酒的倉庫兼辦公室飲酒，和他聊我自己的人生該怎麼辦。小孩、房貸、未來……，我甚至想過專業寫作，就不要再上班了。但做為一個詩人，能夠賺錢支付各種帳單嗎？答案顯而易見，我遂開始在想做什麼樣的工作，繼續在資本主義的社會奮鬥。

有一次和恩仁飲酒，是一瓶一九八二年的Lagarde，Merlot葡萄所釀；我們等酒醒來，像沉睡的花，重新又開，兩三個小時之後，不斷變化的氣味之中，浮現出動物皮毛的味道，恩仁問我是什麼氣味，我回答：「兔子，兔子的皮毛……」

經歷那段時間的困惑之後，我知道除了「文字」，別無所長，遂決定要自己創業，創立一間出版社，但自己的錢並不夠，我需要找到合夥的人。

彼時，已經辭世多年的元智大學尤克強教授對我諸多關心，遂介紹一些他認識的企業家友人，陪我去拜訪。那是金融海嘯的年代，沒有什麼財，也不懂得理財的我根本不知道有錢人面對的處境，雖然我要募到的資金數額並不大，但顯然這些企業家面對金融海嘯的煩惱，比我募集資金大更多；又或者，他們對文化事業不感興趣，總之，尋找合夥資金的事，進行得並不順利。

有一次，恩仁開車，載著尤克強教授和我，去新竹拜訪一位化工廠的老闆，然後又趕往桃園某餐廳，等著一位電子封測廠董事長到來。那位董事長，顯然是被尤教授「逼」著前來的，我看到尤教授打了好幾次行動電話，他遲到了兩個多小時，見面時，不耐煩的給了我五分鐘做說明，然後對我說的話語中，揶揄甚多，我知道尤教授對我的善意，那麼盡力想幫襯我，所以在當下忍住了羞辱、挫敗和頹然。

那是飄雨的一天，整日淋雨奔波，尋求資金的合夥，但終究一無所成，覺得自己面對的是「連舒伯特也無聲以對的時刻」，晚上回家，我感冒發燒了，然後去急診，體溫四十．二度。

在發燒的痛苦中，是身艱難，人已經迷糊了，我還是用手機傳訊息給恩仁，謝謝他這些天來陪我到處奔波，我說：「恩仁兄，今天是我生命中，第一次覺得自己如同孔子絕糧陳蔡之間那般，走投無路……」

十幾年來，從事酒類行業及貿易工作的謝恩仁，是我來往最多的好友之一，他是我們一群常聚的朋友之間，永遠的「國子監祭酒」！除了懂酒之外，他也是一位博學多聞之人，很多有鹿文化重要的書，我都請他幫忙審校，在現實裡，我們也常相聚吃飯聊天，互相攜勉。

人生在世，有時煩憂，何以解憂？唯有杜康，以及朋友。現在已不愛飲酒的我，每次看到別人飲酒，就會想起曾經給了我慷慨友情的恩仁。

時光走向女孩，女人雕刻時光

我做編輯出版這工作很多很多年了，認識了許多作家，也看到作家在不同時機出場的狀態。做為一位既投入又旁觀的編輯，有時我不免會揣想：一位作家，為什麼在某個時刻登場出書？像一位在大聯盟球場首登板的投手……

在這個世界，有許許多多的人都在寫作，甚至也發表若干作品，但要持之以恆、書寫不輟，最後結集出書，終究要看作家的毅力——他究竟有多愛書寫？書寫是他靈魂內在的一部分嗎？

結集出版，當然就是一個寫作者在空無之中，憑藉著創作，去抒發、去釐清、去辨識世界中的自己。因緣果熟之時，這樣的努力和投入，就會展現在他的第一本書中。

新竹女中國文教師黃庭鈺是我這幾年認識的新朋友之一，和她比較熟稔，是因為有鹿文化在編輯蔣勳老師《說文學之美：品味唐詩》、《說文學之美：感覺宋詞》雙書之時，得到了作家（也是建中國文教師）凌性傑和黃庭鈺的熱情幫助。他們兩位都曾在生命之中受到蔣勳老師著作的深刻鼓舞，所以在協助編輯之時，投入甚深。

之後，我看到庭鈺得到教育部文藝創作獎的一篇散文，很是喜歡，也受觸動，遂向她邀約出版第一本書。因為我在她這篇得獎的作品〈瘤〉之中，看到一種極細膩動人的女性感受和意識，我心想，如果發展下去，值得做為一種書寫類型的完成。

黃庭鈺是一位女性，是兩個孩子的母親，是一位在女子高中教書的國文老師，是一位熱愛文學熱愛寫作的老師；這麼多重的「女性角色和環境」，使得她的書寫足以代表某一種女性的時代「心靈岩層」。時光走向少女，其實是少女走向時光。少女長大了成為女人，然後在一所高中教許多許多少女國文，這樣的「身在其中」，使得她的書寫不知不覺有一條隱約的心靈連線，那麼觸動閱讀的人，從她的文字裡，去看到從女孩到女人之間靈光閃閃的美麗，以及現實之冰雪風霜。

同樣身為女性、母親和老師，知名作家李欣倫教授曾在為黃庭鈺的第一本書《時光走向女孩》作序之時，有以下這樣的以心讀心、以情讀情：「她仍不斷追問『我是誰』，試圖拼組出『自己的樣子』，像是卸除了所有妝容與讀者素面相對，甚連最柔軟的內裡皺褶都毫無防備的裸露出來——」說的正是，像黃庭鈺這樣的作家所代表的典型、意義和可能。

庭鈺要出版第一本書了，做為癡長她不少歲數的朋友，我的內心充滿欣悅！因為像她這樣大器晚成的作家，會使我想起王浩一，浩一累積了生命的見識和經驗，許久許久，然後在因緣果熟的一刻，像春天之筍冒出土來，長成一片翠竹！浩一出版第一本書的時候，並非在早慧的青年時期，但如今已卓然大家。我期待庭鈺出了第一本書之後，還會持續努力、不斷深入和翻新，然後有一天，也累積了更多美好的書寫，我充滿了如是祝福如是期待——庭鈺之書寫，就是女人生命史的繡織。

黃庭鈺的《時光走向女孩》其實是她勇敢的走入時光，雕刻時光，也有風雨也有晴，也有風雨也有情，足以鼓舞那些有志創作的朋友——且把時光冶煉成金！面爐多年無人知，好劍既成把示君。

作弊，布施，金剛經

唸書的時候，其實我是不作弊的，有時聽朋友們講他們學生時代的作弊往事：如何做出一疊又一疊的小抄，如何在桌面或雷諾牌原子筆桿上刻字……，各種招式，琳瑯滿目；我都會忍不住問朋友：「你既然花了那麼多時間來準備作弊，為什麼不乾脆把這些時間拿來讀書考試？」

作弊，好像是許多人學生時代的重要記憶；我說自己並不作弊，其實也有作弊過。

二〇〇九年，我和同學林良珀，以及他的太太林明燕創立了「有鹿文化」；在很多的文件、訪問之中，我都特別標記這件事，那是因為我內心深深的感謝，感謝他們的助緣和助成。

那是金融海嘯的年份，我尋求創業資金合作的對象，大多在海嘯之中努力應對，因為我是屬於不可能有閒錢買「雷曼兄弟」債券的人，所以也渾然不知別人面對資金調度的煩惱。

試了一些人之後，我去找到舊日念化工的同學林良珀，良珀那時也在金融海嘯中受傷慘重，但是他告訴我，一定會想辦法跟我合夥，成就我的願想。

良珀這麼告訴我，唸書時，他也不作弊，當年考《國父思想》，他窮極無聊，想試試作弊的感覺，居然也準備了小抄，共四個問答題，寫完了前三題，他拿出小抄，立馬被教授逮到，所以必修的「國父思想」，他得了零分。

下午考「工業心理學」，那是營養學分，他卻已完全無心準備，良珀回憶說，我這麼告訴他，「阿珀，你別煩惱了，下午我幫你寫考卷……」

下午考試，寫到一半時間，我和林良珀互換考卷，我一人寫了兩份，後來老師公布分數，兩份考卷都同樣得了七十六分。

良珀又說，十幾歲的時候，我們幾個同學在學校附近一起租房子，有一天他起床，發現我留了一張字條給他，上面寫著「應無所住而生其心」，那時候，他覺得我真是一個怪人。

後來良珀參與舅舅創立的公司，讀到了《當和尚遇到鑽石》，也又重新讀佛經，才知道「自他不分」，「菩薩於法，應無所住，行於布施」；所以他說服舅舅，把公司獲利的一大部分和同事分享，同事就覺得，公司如同自己的公司，遂群策群力，所以業績在數年之間，不斷攀高……

最近和良珀聊天，我說他是真正的「金剛經行者」；我們又回憶起這段往事，和彼此學佛的因緣；原來我是靠著因為不忍心而幫他「作弊」，以及送他一句《金剛經》的話，在他心中種下了種子，而終究在多年後，他成為我事業合夥的夥伴，創立了有鹿文化……

因緣不可思議，果報也不可思議！我謝謝良珀成就我，良珀也謝謝我當年布施之心。我問良珀，專欄中，如果寫這個故事，會談到你作弊……

良珀說：「沒關係，經云：應無所住而生其心，這也是當初你寫給我的金剛經句，我倆這一次，就共同把這句話，布施給有緣的讀者吧！」

我的「圓圈日」

禪定，「禪」，是外能「離一切諸相」；「定」是內能「不執著」、「不分別」、「依於自性」。定，是禪的基礎，內外都應兼修，到最後也應內外不分。半生以來，關於「禪定」，我渴望學習，最好是「行走坐臥皆是禪」，生活就是禪，但慚愧的是總做得不好，功力很淺，甚至常常連靜心都不可常得常住。

幾年前，參加了一次為期四天三夜的「禪三」，為了禁語、為了止妄，道場收取了大家的手機，斷絕與外界的聯繫，當然依規定也不可以抽菸。那次的禪三，我的心非常平靜，長年的菸癮都沒有犯，甚至隔壁房間的先生晚上把頭伸出窗外，偷偷抽菸，煙飄進了我的室內，我居然也能不為所動所惑！只是下山後不久，覺得世界吵雜，雜事繁多，覺得心不靜定、煩躁，很快的，我又抽菸了。

心，如果能離一切境界，當然最好！像我在那一次的禪三，可以不受菸癮的制約。但修行不夠的我，常常心不能離境，「心」不能離境的時候，我選擇使自己的「身」離境——就是斷絕外緣。

很多年前讀《當和尚遇到鑽石》這本書，深受啟發，除了其中深論「自他不分」的共同成長之外——作者說每周三是他自己一人的「圓圈日」，用來靜休、靜思，使心力恢復、上增，後來並且有「森林日」……

年紀過了半百，我看到有鹿文化的夥伴們成熟、互愛，所以在二〇一八年三月一日，將總編輯的工作付託給林煜幃先生，由他帶領夥伴們更煥然的前行。

因為在那段時間，忙著自己第一次手墨個展，諸事忙碌，自知心性不夠澄明自在，我生起了無比強烈的「圓圈日」念頭，覺得是時候了，應該照顧好自己的「心君」。

二〇一八年四月開始，我的「圓圈日」是每天傍晚六點之後，盡量關掉手機或保持靜音；有時擇日，徹底關掉手機，靜休、思惟、創作、思考——包括有鹿與我有關的工作、創作、陪伴因緣之人、爬山、運動、和朋友喝幾盞茶、聽一張唱片、慢慢為自己沖一杯咖啡……，也可能只是若有想、若非有想的嘗試「看到自己」、「陪伴自己」而已。

言語，道斷。

差不多十年了，每年我都會以兩天左右的時間，息交絕遊，什麼事也不做，就靜靜翻讀《法華經》。

慧命無窮，讀法華，變成我每一年的「慧命清洗日」，回到平靜的閱讀和思惟，因為斷絕外緣，遂形同「禁語」，因此略知什麼是不須言語的「妙不可言」！也因之有著淺淺的，超乎喜悅的喜悅。

讀法華，那是我以前除了「一人旅」之外，最「圓圈日」的行為了。

半百過後的我，近來因為「圓圈日」，多了緩慢、靜心，覺得生命的沙漏，流速慢了一些……

比流浪還遠的吳耿禎

我在這個專欄，想寫藝術家吳耿禎很久了，每次都想了一些論析的概念，然後苦思良久，之後放棄，改寫別的題目。

接近十年前，我寫過一篇跟吳耿禎有關的文章，登載於《聯合副刊》，那時候的吳耿禎早已能量充沛；這麼多年下來，看到耿禎作品驚人的多元進步，深化，廣觸，甚至跨界的合作，耿禎的創作一直超出我之預料。

因為耿禎的作品太複雜了，我深受其作品觸發，但要寫文章之時，卻又歧路亡羊。就像掛在有鹿文化辦公室裡面的一件作品，在紙上面，貼了金箔，耿禎剪了鹿，和幻化多端的神話造境——不是特定的神話，是屬於他所創造的獨特神話；作品初看，如同一種「寓言」，因為經由一種創作者內在高度神聖化的過程，而充滿了啟諭的力量！我常常在辦公室看著這件作品，彷彿被這件作品帶到遙遠的地方，比流浪還要更遠的地方，不在這裡，也不在那裡，總之，在他方……。

而且在作品之上，耿禎還將金箔刮去一些部分，露出了一些文字的痕跡，彷彿要告訴我：倉頡造字而天雨粟、鬼夜哭……。

這作品給了我「神話」般的觸受，又同時，自動解構了它。

這是耿禎作品最複雜的地方——不能想要掌握它的敘事、理解它的意旨，要能「棄聖絕智」，被它帶領，放棄邏輯思考，然後在美之中得魚忘筌……

最早知道耿禎這位藝術家，是蔣勳老師告訴我，關於耿禎的才情與投入。他是「雲門流浪者計劃」第二屆的受獎人，早慧的藝術家，大學時代就以特出新意的剪紙藝術聞名；然後去中國陝北流浪，看著民間如何用「土紅紙」剪出生活中的盼望和祝福。

因為「雲門流浪者計劃」而有的陝北之行，給了耿禎巨大的觸發，庶民趣味與神思千里糅合為一。之後，耿禎的創作就一直走、一直走，走到了又美又遠的地方，難以揣想的遠方。

二〇一〇年，耿禎在他祖母的廚房，剪出了一組作品，但見紙藝化為紅蝶，在空中飛舞翩翩！有情如斯，所以耿禎的作品自然動人。

之後，他在「尊彩藝術中心」的一次大型個展，計劃龐大，而統攝於一「文件展」的概念；我在展場看到時，不免懷疑耿禎是「偷時間的人」——怎麼可能有人「剪出」那麼龐大計劃的展覽呢？

在淡水「雲門劇場」，他的展出則結合了和空間時間的對話，充滿了詩意和思想的力量。

認識耿禎十年，十年之間，他的手藝和心量，已經到達很遠很遠的地方，遠到如神話中，太陽在夜裡，睡覺的山谷。

南管，觀音，王心心

二〇一六年，王心心告訴我，她將要用南管為「觀世音菩薩普門品」譜曲、禪唱，當時我不只期待，簡直是歡喜踴躍。

心心是透過南管（南音）演出的卓越聲音藝術家，每次聽她撥撫琵琶，用河洛古音的泉州話唱南管，我都覺得真是：此曲只應天上有，人間怎能得聽聞！

記得那時候，心心客氣，說她對普門品不夠了解，希望我能為她講說。我跟她說，未敢！但願彼此參詳。所以一段時間之內，心心來了有鹿文化幾次，每次都帶了她自己做的食物，從下午聚到晚上，我則一句一句地向心心說。那幾次的見面，是我對普門品深刻的學習；與其說，為心心講解，毋寧是，因為心心要譜唱普門品偈頌之故，使我有了一次深心思惟。

後來，吳素君為這作品設計舞台並擔任導演，邀我「不粉墨而登場」，所以我上場扮演了一名「說書人」般的角色。

在那之前，心心的「南管心經」已經完成並且演出，而且深受歡迎；她到了許多佛教聖地，也進入了契心的感覺和感受之中。

二〇一七年一月，《心心．念念．普門品》正式在臺灣戲曲中心登場，記得在演出的舞台上，擔任「說書人」的我是這樣說的：南管的頭音、腹音、尾音，把每一個字唱得清清楚楚、明明白白，好像一種心的觀照，一種心的「經行」。也好像一條河流去，我們知道河中有無數的水滴。

宇宙時空之大，我們常常會覺得孤獨，發現自己是一個芸芸眾生，像一條河中的一滴水……

生老病死苦、貪嗔癡苦、怨憎會苦、愛別離苦、求不得苦、五蘊熾盛苦。

那麼多的苦，我們有時候為了自己的苦而憂煩，有些時候，為了別人的苦而流淚……

觀世音菩薩曾經為了別人的苦而流淚，觀音的眼淚，化成了白度母、綠度母；觀音的淚，就是慈悲。

如果有人問：「怎樣確定有觀世音菩薩？」我們可以這麼回答：「當有人為受苦的別人而費心出力，拔除別人的痛苦，甚至是一句鼓舞的話，一個溫暖的擁抱，一個有情的眼神，那麼，你就看見了觀世音薩……」

慈悲，就是觀音。

我並舉一九九二年發生的一件事為例，台北「健康幼稚園」租遊覽車要到龍潭「小人國」，許多園童在桃園遭遇年久失修的遊覽車發生火燒車，幼稚園老師林靖娟數度衝入火海搶救幼童，救出多名小孩之後，她再衝入熊熊大火，亟望搶救出更多孩子；死亡時，仍緊抱四名幼童，林老師被燒成焦炭，猶緊緊抱著懷中也被燒成了焦炭的孩子們……

最近有人問我：「真的有觀世音菩薩嗎？」我想起了王心心的南管普門品演出，想起我在台上說的話，所以我這麼回答：「世上有林靖娟老師這樣的人，就有觀音。」

凌性傑和劉冠吟

閒時翻讀作家凌性傑和師大國文系教授范宜如合編的《另一種日常：生活美學讀本》，很是享受，每一則對所選文章的導讀，也粲然可賞，我在書房裡找出性傑這幾年的書《男孩路》、《島語》，用志野燒茶甌沖東方美人茶，慢慢啜飲，慢慢翻看，在書中看到性傑從京都寫給我的信件，箋上有鹿，遂陷入一種緲遠的思惟。

認識性傑許多年了，比較親近是這三、四年，我們是並不常見面的朋友，但見面總是歡喜。今年夏天，性傑有西藏之行，行前我請他來有鹿一聚，也邀《小日子》的發行人劉冠吟同聚，恩仁備酒，一起聊天晚餐。

性傑的西藏之行，有一個行程是去參加哲蚌寺的「賽佛節」，多年前我也曾經去過，吃飯喝酒的時候，我提醒性傑一些去西藏需注意的事，冠吟偶爾在席間創造「戲劇性效果」，加上恩仁所準備的好酒，就覺得晝長苦夜短了。

我和冠吟本來不認識，是因為《小日子》一次採訪的意外插曲，我覺得應該向冠吟說明，就約了冠吟吃飯；那一天，真的是相談甚歡！我們喝光了一瓶老威士忌，還去買了啤酒喝。海量不可測的冠吟，是一種極奇特類型的文青，迷醉於李商隱，相信文化力，畢業於台大中文系，又在大企業之中拚搏過，她將兩種心靈巧妙糅和，兼顧理想和現實，在紙媒大衰退的年代，把《小日子》經營得有聲有色，受到華人世界讀者的歡迎。

也不知道為什麼，每隔一陣子，就想約他們兩位和恩仁一起吃飯喝酒，他們二位年紀如我弟、妹，卻對我知無不言；有時聽性傑的京都佛寺奇遇正津津有味之時，冠吟就會插話，對我的一些工作（主要是出版）給予看法……，上天下地的各種話題，我們的見面吃飯飲酒，總是開心的聊天，東聊西聊，如同美麗的亂針刺繡。

其實，我已經到了不愛飲酒也少飲酒的年紀了，但每次和他們二人相聚，總是忍不住要浮一大白！因為他們兩位，是敏感、多聞、善解又真性情的人。

飲酒時，共飲比獨酌歡喜許多！半百過後，我有一個人生法則：已經很少喝酒了，要喝的話，當然要喝好酒，當然要和好朋友一起飲酒。

季札掛劍，韓良露

作家韓良露生前是一個熱情多聞的人，於生活生命歷史諸學，博采並且精研，文字溫煦，立論卓然，她是有鹿文化成立之後，我最想邀約出版的作家之一。

二〇一四年六月，有鹿文化出版了她的《文化小露台》和《台北回味》，原因乃依於她對占星之學、生命歷程之中，某一種神祕的感覺和計算；從她給出一個小行李箱的原稿，煜幃、同事和我為之編印成書而出版，其實只有一個多月的時間，那幾乎是一個不可能的任務。

記得編書的過程當中，有一次，她約了我和相關同事到「布拉格咖啡」談工作，卻要求我先到半小時。原因是她覺得那麼緊迫的編輯出書，有鹿的夥伴們都必須加班很多，「悔之，你是老闆，必須認命；而他們是上班的人，為了我的書，這麼認真的拚命加班，所以我包了紅包給他們，表示我的感謝。待會他們來咖啡館，我就會交給他們，但我並不是和你討論，只是向你說明和告知。」

這就是韓良露，依於仁而溫厚，心中總是有人。

之後不久，韓良露和有鹿文化陸續又議定了一些出版的時程，但她的身體開始虛弱不堪，所以她決定去巴黎休假休養。

在她出發去巴黎前兩天，我接到她一通電話，電話中的她，喘著氣說話，說了許多話，包括她已經往生的父親韓時中先生、十普寺、金剛經等諸種心情；其中她也這麼說：「悔之，我要去巴黎渡假了，大概要休養一年之後，再找你討論出書。我原本要出書的還有另外一家出版社，但那是一家大公司，我暫時不出書，並不會影響他們。有鹿是一家小公司，所以我先來告訴你，讓你安排人力和工作……」

「悔之，一年後，良露姊會再給你出書；雖然我的書不像某某作家等人，會讓你賺比較多錢；但至少會讓你賺到一些小錢……。真是對不起，我必須食言了，我要先休養一年……」

聽著電話的我，淚流滿面。

在良露的此生中，我與她見面其實並不多次；她心念的美善真摯，在許多人心中種下種子，包括我。所以良露姊生病、就醫、乃至捨報之時的助念、告別式之佛事種種，我都想到她的一念心，而盡力投入。

春秋時期，吳國季札出使晉國，佩戴寶劍經過徐國，徐國國君雖未言語，但甚愛此劍；季札心裡想著，等出使的任務結束，再經過徐國之時，再將此劍送給徐國國君。未在意料，返經之時，徐國國君病逝，季札將寶劍掛在墓上，以做為默允之心意的踐履。

「南瓜國際公司」這幾年來陸續編整「韓良露生命占星學院」系列，再編印出版幾本，即將齊全圓滿；有鹿文化這四年來，次第出版許多良露的書，而今，《義大利小城小日子》已於二〇一八年十月出版，她生前完整、重要的著作，也告一段落。

追憶昔日電話中的對答——其實大部分都是她在說話，我的心中感念萬千！我不是季札，手中也無天下之名劍，但心中默允之事，竭力編輯良露姊的書，終於大抵完成，我的心情如同季札之掛劍於墓前，故人不在，一死一生。

但願心如大海

苦惱憂悲是大海，無量慈悲是大海，生生世世是大海，佛法無邊是大海。

上個世紀，我寫過一本詩集，叫做《當一隻鯨魚渴望海洋》，那是我生命最為躁鬱的時期之一。經由對海洋的玄思奇想，我寫下了許多詩篇，彷彿要透過創作，帶領自己受困的心念和意志可以在偌大的海洋中奮游，突圍於心的毒霧。

那時我眼中所見，唯有血月如鉤，我彷彿把自己掛在月鉤之上，帶著獻祭般的悲劇感，沒辦法把自己從鉤上解下、放下。

「人，那麼苦，為什麼要活著呢？」那是四十歲以前，我最常有的困惑。

有些人，常常虛言兩舌，逐利而互鬥，藉愛之名而傷害……，凡此種種，不可計數；甚至，甚至無常之中，死亡本來十面埋伏。

我領受了許多人的慈悲和扶助，如同失溫的雀鳥被施食；也從一個讀經人、抄經人，慢慢地變成一個小小行者——思惟「緣起，苦，空，無常」，思惟「不相對而有」的更遼闊的自在。

我的思惟，就是從「心如大海」開始的，「空生大覺中，如海一漚發」，每一個苦樂的心念、每一期的生命，都只是大海旋生旋滅的一個泡沫而已；透過「忍力、思惟力」的覺知和作為，我學習把注意力多放在「別人」或「我們」之上，逐步放下一些對「我」的執著，慢慢照見我自己與每一眾生本有的空性智慧，心光，就在闃暗裡開始變亮。

在偌大的海洋中，任何一滴慈悲的眼淚都顯得無比無比的奢侈與珍貴！不對自己慈悲，就無法對眾生慈悲；不對眾生慈悲，也就無法學會對自己慈悲。

忽而有一日，我抬頭望天，竟爾發現天上一月，原本皎然！破一微塵，世界為每一眾生開展大千經卷，心月孤圓。

人，獨生獨死，苦樂自當，只有心，是自己的解藥。

佛陀曾說，人，應該做曠野之中，獨來獨往的犀牛。是啊，我曾經寫過一個句子：犀牛角上有滿月。

隔了八年，要再出版一本散文了，緣於二十年前之一諾，答應了現於「讀書共和國出版集團」任職的陳蕙慧，要交給她一本書。一言一諾，《但願心如大海》這本散文就交給了「木馬文化」編輯出版。

這本書，所述寫之內容大概不外於文學、藝術、創作、人生和美；但是最核心的情感和覺知，是距離覺悟還那麼遠的我，對佛法的努力學習。

現在的我，還是偶爾會境界生起，感到痛苦憂煩悲愁的時候，我都會告訴自己，現在的痛苦憂煩悲愁，只是無盡大海中的一個泡沫而已……。

祝福一切眾生心如大海！但願一切眾生心如大海！

台南魯麵和泉州滷麵

二〇一八年八月底，和王心心、盧健英等人有一次福建之行，託心心的福，除了飽覽風光，沿途也喫了許多地道的福建特色菜，包括泉州牛肉羹、泉州滷麵……等等。

一位人類學家曾經寫道，非洲有一個部落，每次有人死亡，他們就會揀選和這個人最有關的字詞，隨之一起沉埋，並且不再使用這個字詞，所以這個部落能用的字詞，越來越少。

今日返家，沖了咖啡，搭配「不二齋」主人江赫攜來有鹿相贈的加拿大肉桂捲，看著佛龕之上，二石和藥師佛，供香。大一些的石頭，是當年我從西藏的雅魯藏布江畔撿回，小一些的石頭，是多年前和林煜幃因工作而有尼泊爾之行，在相傳的佛捨身飼虎崖撿回；藥師佛像，則是作家陳念萱代我向拍攝《密勒日巴傳》的秋林仁波切敬索。

家中原本並無藥師佛像，幾年前，郭媽媽和韓良露分別身體不安後，我動了供奉藥師佛的念頭，好友圓滿了我的願望，我也因此多誦《藥師琉璃光如來本願功德經》祝福；經中，佛陀告訴阿難：人身難得，聽見藥師琉璃光如來的名號，更難。

郭媽媽和良露姊分別煮過美味的台南魯麵給我吃，二〇一五年，在幾個月之內，她們分別捨報往生；而我心中決定，這輩子不再吃台南魯麵了，做為對她們二位的感謝、悼念和祝福。

好吃的台南魯麵不易做，真心更難！她們二位在世時，真心而善烹飪，煮過無比美味的台南魯麵給我吃；尤其是郭媽媽，當時年歲已經大了，卻非常費工的做了極美味的台南魯麵，那一晚，我大啖了四碗，旭原本來要多添一碗，卻被郭媽媽阻止，讓給我吃，我永遠記得彼時，旭原帶著委屈的眼神……。

追念凡此種種，我合應不再吃台南魯麵。

郭媽媽，是我的好友郭旭原的母親：郭蔡孌嬌女士，於二〇一五年年七月十六日捨報；韓良露，則於二〇一五年三月三日辭世。

在泉州，吃著美味的泉州滷麵，我想起了郭媽媽和韓良露手作的「台南魯麵」——我在自己食物辭典裡，已經刪除的字詞。

靜觀萬物，雲淡風輕

認識蔣勳老師將近三十年了，我從白衣少年到了中年之秋，有很多美好的印記，都一直存放在心中。

做為一個全才的文化人，蔣勳老師的創作，包括詩、散文、小說、美術史、美學論述、有聲書、藝術創作（書法、水墨、油畫）……等等；甚至做為東海大學美術系的創系系主任，他也是胸懷星斗而能在課程規劃上，開風氣之先，提攜後進，隨緣慷慨又不遺餘力。說他是創作者，毋寧更像一位「文藝復興人」。

有幸因為從事編輯、出版的工作，所以我常常有機會找到理由而能親炙、受教於蔣老師。我曾在一篇文章裡說，自己這一生從事文化事業，有兩位長輩愛我教我最多——一位是林文月老師，另外一位就是蔣勳老師。年輕時，我不是沒有動過念頭，想要離開這個工時和收入並不太對稱的行業，至少認為真動過一次念頭，接受邀約轉行，去領更高的薪水。但可能因為他們二位的言行氣度太動人了，如魏晉人士、臨風玉樹，加上我的一種執迷——因為做編輯的關係，可以和他們多有親近往返，所以我，就一直做這個行業下去，直到有一天，覺得文化是一種信念，一種價值，可以超過世俗的計量，可以不再惑搖。

前一陣子，有鹿在編蔣勳老師的新書《雲淡風輕：談東方美學》，讓我感覺七十過後的蔣老師，對創作和生命有更深刻的宗教般情懷，那是一種適度的距離，保持著溫度，看著一切有意義的創作，為之梳理出美學的秩序和啟諭的力量——但是又能夠不執著、不執取，任他雲來了雲又去，看著雲，感覺到風，風起雲動，自然而然，雲淡風輕之中，萬物自私而欣欣，但也充滿「有來就有去」的了然……。

很多年前，有一次在金門辦活動，當時的同事告訴我，蔣老師來了，我跑出去迎接，看到老師後揹雙手，動也不動，注視前方的草地。我不好意思驚擾他，又不知道他在看什麼或是在思索什麼事，直到很久之後，我叫了老師。

他才回過頭來，指著遠方的草地，說：「你看！那是戴勝鳥，因為形狀與宋代的官帽很像，所以宋畫中，可以看見……」

當時領略，那對我來說是神奇的一刻，靜觀萬物，天地有大美，人的心思和情意可以充沛周行於天地而與萬物不相礙……。

《雲淡風輕：談東方美學》太精采了，超乎了所謂美學的論述，其實是一則又一則生命的卮言。五十過後的我，出版了蔣勳老師七十之後的力作；美學是酒盃，澆的是生命的塊壘，不只是爐火純青，更是雲淡風輕的生命境界。

臺靜農先生曾經為青年時期的蔣勳老師寫過一聯：「爛漫晉宋譴，出入僊佛間」，這對聯，彷彿成為蔣勳老師創作和人生的軌域，與乎印證了。

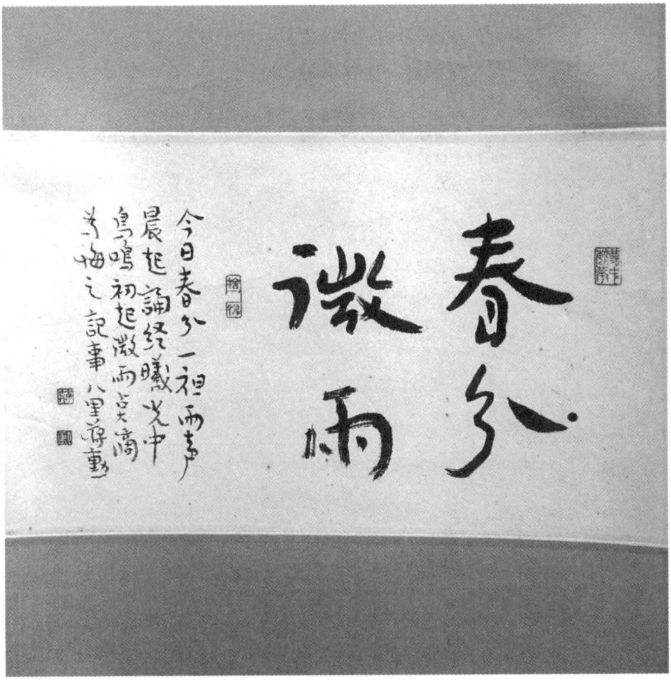

蔣勳，春分微雨（林煜幃攝影）

隱者之思

九月之初，節氣已經白露，但仍酷熱；朋友開車，我們一行人到了苗栗一個連導航也沒辦法精確帶路的所在，去拜訪藝術家洪江波、吳淑玲伉儷。

藝術家洪江波的苗栗住家，在一個隱祕的處所，旁邊完全沒有鄰居。

這樣的住處，接近隱居的狀態，草地，大樹，鞦韆，住處，工作室……，另有一間簡美的茶屋。安靜極了，在傍晚時候，我清清楚楚地聽見風的聲音，如同波浪的捲動而且充滿了音樂般的強弱參差，吹著洪家的魚池，我看到一些魚悠游著，或探出頭來，帶動水面起了動態之波紋，連同風，一起舞動著能量。宇宙正是由能量所構成，再化現成各種形式，而在靜極了的地方，我們會感覺到更細微深刻的能量存在，一隻蚱蜢，或一隻蜻蜓，或一條魚，一條溪，或一片稻田……，都可以是，這個世界的隱喻。

我在那裡，很享受安靜，藝術家伉儷收養了很多隻狗，我和其他幾位訪客，逗著狗兒玩，因為很偏僻，也很田園，我因此能夠安靜的觀察狗的動作以及和人的互動，時間彷彿都凝止了，但日影漸遠和晚風徐徐，提醒了我，一個下午，過去了。

洪江波和吳淑玲這對藝術家夫妻，就是隱居在這裡，從事繪畫和陶藝的創作。因為來到這裡，我也終究明白了他們作品的聲息和氣色之所在之所指涉的可能。在隱居般、安靜的地方，時間變得特別仁慈，給予人更敏銳的感受，而能不送往迎來、人影交錯、多有旁騖；是故可以創作出質樸、敏銳、專注的作品──我想起《水仙操》，一代琴人伯牙的老師成連，如何費心思，帶伯牙坐船到無人之處，移其情於造化，而去體會「精神寂寞，情之專一」……

在洪家的那一個下午，我想起六月的一天，邀請林文月老師同去歷史博物館，參觀王攀元的回顧大展。那個下午，整個展間幾乎沒有觀眾，一件又一件孤獨沁心復又嚙心的作品，使人覺得蕭索極了。隱者王攀元的作品是在孤獨中努力抵抗孤絕，充滿了存在主義式的力量；而隱者洪江波的畫作，是孤獨裡的和諧之歌，一隻蠅虎、一顆米粒、一片稻田，都是瑩亮美好的存有……

想起王攀元，又想起洪江波和吳淑玲——隱者訥訥而忘言，道化本來出於自然，如同大地之土經過手、經過火，而變成了一尊菩薩、一只茶碗、一個方盤；但於情緒、心眼著重處而化為創作，同為隱者之思，道道如此不同。

淨土就在淨心中

這兩、三年來，我越來越像嘮叨老人，離開辦公室的時候，總是提醒年輕的夥伴們，下班要記得關掉樓上的冷氣，要節省紙張、電力和一切資源……，「我們一起拯救北極熊！」每次要離開辦公室，我都像強迫症那般反覆的說，像喊隊呼。因為這幾年來，除了全球氣候變遷所造成各種異象時有所聞所見，各種極端氣候也在全世界造成了嚴峻的災害，人不照道理，天不照甲子……

四年前的八、九月，我發現公園裡的阿勃勒居然還在開花！有鹿頂樓的紫藤，有時也完全不照節氣突然開個幾朵，大自然早已亂了譜；電影《明天過後》

的場景好像不只是電影而已，可能很快就要發生……

今年九月，有一天我語重心長但又不無哀悽地對著辦公室的年輕夥伴們說：「我覺得，當我離開這個世界的時候，地球的環境應該已經很艱難了；而你們那麼年輕，還要在這個地球生存下去很久……，所以讓我們一起節省資源和電力，對我們的地球友善……」

在佛經裡，「娑婆」或「閻浮提」世界，指的就是我們這個地球。

「爾時，佛告長老舍利弗：從是西方過十萬億佛土，有世界名曰極樂，其土有佛，號阿彌陀，今現在說法。舍利弗！彼土何故，名為極樂？其國眾生，無有眾苦，但受諸樂，故名極樂。」

不論是藥師琉璃光如來的東方琉璃世界，或是阿彌陀佛的西方極樂世界，都是淨土思想——都是一種從我們受報受苦而生存艱難的世界，想要「移民」去淨土的渴望。姑且不論信不信佛教，但地球生存環境的敗壞，充滿了毀滅的可能……。

二〇一八年的「台北國際藝術博覽會」，於十月二十五到二十九日，在台北世貿一館舉辦，我準備了一些參展的作品；因為也想好好的抄一段《阿彌陀經》，所以我向岩彩畫家陳珮怡訂製了好幾張手繪箋，其中一張是金色之羽，彷若是「共命之鳥」的毛羽凌空，充滿了祝福……

「復次，舍利弗！彼國常有種種奇妙雜色之鳥，白鶴、孔雀、鸚鵡、舍利、迦陵、頻伽，共命之鳥。」

「舍利弗！汝勿謂此鳥實是罪報所生，所以者何？彼佛國土無三惡道。舍利弗！其佛國土，尚無惡道之名，何況有實！是諸眾鳥，皆是阿彌陀佛欲令法音宣流，變化所作。」

參展今年台北藝博，我在李默父、陳珮怡的手繪箋上寫字，送去「青雨山房」裝池；以藝為佛事，如果我有區區一心，般若與美，可以度脫！姑不論東方、西方世界存有佛國淨土與否，我們可以也必須相信「淨土就在淨心中」，《維摩詰經》：「若菩薩欲得淨土，當淨其心，隨其心淨，則佛土淨」；地球，有著人，以及許多眾生，還要繼續生存下去，希望在我這一期生命結束之後，久久之後，眾生依然可以在地球安居安住，而佛法還在人間，也永在人間。

許尼歐

收到一張岩彩畫，畫我死去的狗兒許尼歐，原本以為自己應該會淚流滿面，但居然沒有如此，尼歐死了，經過了幾年，透過一位畫家的手，我看見死亡前住院的尼歐，在一張畫裡，又重新以一種姿態活了一次。

畫作所本的照片，是尼歐住在新生南路的「五洲動物醫院」，某一天我用手機為他拍的。穿著禦寒的狗衣服，右前腳綁著繃帶，我帶著還有一些力氣的尼歐去動物醫院外頭散散步。可能他累了，或者只是注視我，或者覺得「時間不夠了」的捨不得——他半坐半立，歪著頭看我，像是對未來充滿了遲疑，還有一些病痛的恐懼，更多的是對我的信任。尼歐看著我，動也不動，我用手機為他拍了幾張照片。

看到這張許尼歐的岩彩畫，我突然不自覺地叫出聲來：「尼爆詭譎！」我兩個兒子都叫喚許尼歐為「尼爆詭譎」或「尼爆」，我曾經很認真的問過他們數次，為什麼要叫許尼歐這個別稱，他們都說不上來為何。後來我終於想清楚了，應該是他們小時候，正流行《皮卡丘》或《四驅車》這類的卡通，卡通裡面的人物，名字常常是四個字。或許因此，那時年紀很小的兩兄弟，就不知不覺為尼歐創造了這般的怪名字。

我仔細的看著這張許尼歐的岩彩畫，體態、顏色、衣物竟如還魂一樣，不只栩栩如生！畫家陳珮怡改造了幾點：她把尼歐眼神裡的一絲恐懼去除了，使得畫中的尼歐不那麼哀傷；右前腳的繃帶原本是桃紅色的，陳珮怡把繃帶的顏色改成了白色，就好像繃帶也成為他腳毛的一部分，狗兒尼歐也因此有了生命的勇士的氣質；她又把尼歐的腳不畫完全，有些部分融入背景的虛空之中，彷彿尼歐就要往下一個生命旅程前進了，猶如此殷重的望看我，畫中的尼歐在說：「死亡並不會使你忘記我。」

先前曾經動過念頭，向陳珮怡訂製一張尼歐的畫像，但後來我覺得這樣太著相了，遂打消此意。我們在這個世間最關心的一切，豈是消失了就不存在？有緣眾生，往昔甚深因緣，都不是短短的這一生，所能理解、所能思議的。

這幾年來，我非常害怕滑手機找記憶體裡的照片，因為不小心會滑到尼歐生病、死去的那些照片。記得有一次，一位學者要我找于彭的畫作給他看，我滑手機滑啊滑的，居然滑到了許尼歐死亡前的照片。

瞬間感到，痛貫心肝。我嚎啕大哭了很久，才把照片寄給這位學者朋友。不知道為什麼我傳了尼歐照片給這位朋友，並在訊息裡向這位朋友說：「這是我的狗兒子許尼歐，剛剛不小心看到照片，痛貫心肝。」

我曾經寫過一篇文章〈原是一名抄經人〉，寫我心靈最痛苦的一個冬天，許尼歐如何因緣而陪伴我，伴我渡過劫波。我用手機寄了幾張尼歐的照片給陳珮怡，傳訊息告訴她：「這是我的狗兒子，他叫做許尼歐，但我覺得他永遠活在我的心中，我會生生世世與他有緣，妳是一位畫家，應該好好依妳的規劃去創作，所以我不好意思讓妳花時間畫他。」

直到突然看到尼歐的畫像，畫中的尼歐超越了我記憶中死亡前夕的尼歐，而如此深刻的安慰了我，我終於知道了尼歐的死，對我完整的意義：死亡，是令人悲傷的事，卻也是無比莊嚴的事；正因為如此莊嚴，死亡，不只是死亡而已。

敬畏的力量

中秋前夕，去了吳耿禎位於內湖的工作室，看他這兩年的一些新作品，因為十一月十日開始，耿禎將在「尊彩藝術中心」有一個名為《篝火合歌》的個展，在個展前夕，應耿禎之邀去看作品，是一種純然的喜悅，因為耿禎的作品，有著一致的精神系譜，但總又出人意料的不斷創發，帶領觀者到更遠更遠的時空。

這次個展分為：「篝火」、「字典」、「落腳」、「走河」等四個子題，大略是這兩年來，耿禎的思惟與心力投入所在。

「篝火」系列是和「南島文化」對話的創發，生氣勃勃！吳耿禎透過閱讀和理解諸多神話、傳說、故事，去反思「文明」的邊界，究竟有些什麼？我很喜歡其中一件作品，是以手染般效果的日本紙剪出。雨，落在石頭之上，「無機」的石頭蹦生出了人，這使我想起「玄鳥」、「彩虹」等等各個氏族的降生神話——人究竟從何而來？在有宗教的解釋以前，神話更像是一種辨識的努力——想要為自己在鴻濛宇宙當中，找出「起源」、給予「意義」。

在許多「降生」神話或故事中，常常是「有母無父」，或者是「無父無母」；甚至常常與自然界各種生物「跨物種」而有人——而這，當然違反了現代生物學的知識。

文明意識之前的人類，感覺到自己在天地自然之中，孑然一人，這種孤獨感，應該是神話與詩的起源吧。詩，如同神話，從來都不是科學和理性的「確定」，詩和神話，都是「不確定」或「無法確定」；正因如此，在此一圓型的剪紙作品之中，我們會看到魚、犬、牛、蛇、人、花，盡現於一紙，相接相連。復又見山河連緜蜿蜒，宛若雲走水流，一種在大自然中命運相繫的平衡與和諧。作品這種召喚的力量，令我想起了神話的核心：敬畏。因為發現自己只是「之一」，不是「唯一」或「第一」。

在小小一圓的紙藝之上，參差錯落的空隙，和紙的渲染色彩對話，使得作品神奇的竟能夠「立體化」；在看得入神的時候，我竟恍恍惚惚以為這是一個劇場，感覺到一個力場。

因為「敬畏」，所以和世界中的一切種種，彷彿是一。

因為「敬畏」，故能平等眼而觀看一切，一切才會變得尊貴而美。是的，耿禎的作品是一種「棄聖絕智」的寓言。

我也很喜歡「字典」系列，耿禎以年代久遠的漢英字典為紙材，使用金箔裁剪。有一件作品，上面有一人，頭上彷彿長了鹿角，金箔的長線如細長之錐，亦如時光之箭，如此來無所來，而自由的去所應去！視覺之中，使人想起音樂中的強弱參差、合聲對位，「這不是一根菸斗」——這不是一件紙藝術品，是一首音樂的詩。

「落腳」、「走河」則是和音樂人羅思容、作家謝旺霖的跨界合作，或直覺純粹，或藏納萬千。

在「野性」與「文明」之間，吳耿禎的作品為我們示現了敬畏的力量，如此美，又超乎了美。

暖食餐桌，Eric出新書！

徐銘志的新書上架了！我們這群朋友都叫徐銘志Eric，認識他的時候，他在《商業周刊》工作，負責編輯有關生活的版面。有時在一些場合遇到，知道他是一位「型男」、很細膩的「氣質男」，但不知道他身懷絕佳的廚藝。

直到相逢在一些朋友家，由Eric掌杓的菜餚非常令我驚豔，看似簡單，其實裡面充滿了手路和巧思，他是我眾多善烹調的朋友當中，廚藝氣質最有禪味的人，因為他的菜餚，入其裡，現其色，善其形神，尤其他善於使用香料，將日式、台式、歐式等各種風格的菜餚烹調方式，獨具創意的融合在一起，渾然不可分辨，卻又天然而成一色、一味，恰似「禪」之離一切諸相，而「定」於一味之中。

吃了很多頓Eric燒的菜，我終於向他開口邀書，構想是，每個人在家裡可以做出來，好看，美味，而且可以跟幾位知己或家人共同分享的菜餚。時間過了兩年，在同事和我的耐心催稿之下，書，終於完成了。完成之後，卻非常非常耗費Eric的功夫，因為他又把書中所有的菜做了一次，自己拍出美美的、靈光充滿的照片，這本書的書名叫做《暖食餐桌，在我家：110道中西日式料理簡單上桌，今天也要好好吃飯》，之所以書名這麼長，是因為Eric書中的各色菜餚，實在太豐富了。

Eric繼《私．京都100選》——這本在誠品書店暢銷的好書之後，《暖食餐桌，在我家》堪稱Eric人生經驗和氣質的總和！我之所以這樣說，凡吃過Eric烹飪菜餚的朋友都知道，Eric燒菜的時候，氣定神閒，行進有序，每一道菜燒完了，大概之前的餐具也都整理得清清楚楚，像一首乾乾淨淨無比美好的詩。

「麵包和前菜，沙拉，味噌毛豆豆腐，義式烘蛋，冬筍冬菇蒸，油漬彩椒，義式鑲小卷，花膠干貝烏骨雞湯，烏魚子美人腿米粉。水果、甜點、茶飲……」

上面是今年元月的時候，我請一些音樂界的老朋友黎煥雄、陳建騏……等人吃飯，因為我是「蘇打綠」主唱青峰的「高齡粉絲」，蘇打綠專輯《故事未了》出版之後，實在太驚豔、太喜歡了！一直想請他吃飯，但他是一位名人，我實在找不到餐廳可以讓他安安靜靜吃飯、不被打擾；最後，我情商Eric在他家燒了一頓飯，好好的扮演體貼細心的粉絲，和青峰以及一些老友歡聚。

四月，時逢我的好友邵瓊慧律師生日，我邀她和她先生李明峻教授為主客，辦了一個生日趴。瓊慧擔任有鹿文化的法律顧問多年，做為一位名律師，從沒得過應得的「酬勞」，我只有找Eric燒菜，用美麗美味如詩的菜餚，來表達我深深的感謝和祝福。

這是那晚的菜單：「乳酪蜂蜜麵包、乳酪，櫛瓜麵包，白蘆筍蔬菜甜蝦凍，油漬甜椒，酸豆鮪魚蛋，白蘆筍佐味噌橄欖，腐竹燴蘑菇，雞肉捲，洋蔥燒排骨，義式鑲嵌小卷。水果、蛋糕、茶……」Eric燒的菜餚，已經成為我身體的一部分，而Eric帶來的美好，在這本書裡，你也能感受到、享受到。

看見自己

三天兩夜的「看見自己：禪文化生活營」結束之後，搭乘高鐵回台北，同一個車廂裡，有相識多年的好友，也有在營隊才認識的新朋友，分別有人在台中、板橋、台北站下車，我偶爾看著夜色中車窗玻璃上映照的自己，若有想，若非有想。

二〇一八年三月，到華梵大學拜見悟觀法師，之後我跟法師說，如果之後法師要以文化為佛事，若是我力有所逮，會盡一份心力，做一點點事情。

我的念頭很簡單，欽敬法師的修持與知見，覺得佛法這麼好，希望有更多有緣人來親近佛法，所以最後來了一些文化界、設計界、藝術界的人士和華梵大學的幾位主管參加十一月九日到十一日的生活營。

生活營在高雄「深水觀音禪寺」舉辦，由禪寺住持、華梵大學董事長悟觀法師指導大家「止觀明靜」、王心心駐營南管演出，此外，王溢嘉、陳念萱、陸靜怡等人也有分享之課程。

法師寫了文字，談「自牧：思惟修」：

「經歷多少的晨昏耽玄，應用於吾人日用云為之生活處境中，使於繁重之生活擔子中，能移情心理，得以活用心身應對自如。

晨昏耽玄，觀照而返照內視，希能聞性於佛菩薩諸聖之遺言，契會於自淨一心，然後但求對天台共學者，鍥而未捨，欲止觀研心之學人同參共修，無念之妙。

無念之妙即在一念，一念就是萬法歸於一，一念如同一個明鏡，胸懸寶鏡照達三千。

現前一念是明鏡心，『妙境』現前，『妙智』無量。境與智相望，則『智為先導身語意業』。自然生活安祥，心身獲得自在安養。」

我在高鐵車廂裡，偶望玻璃窗，看見自己，像是認得，也只是微光中之一影。想起營隊之中，王心心彈唱南管心經，時序已入深秋，高雄的蟬嘶仍熾，我卻可以不以為意、不受干擾的將一心放在心心的彈唱，沒有什麼起心動念，那麼靜，真的如有一鏡懸胸，照見得清清楚楚、明明白白，因為心中並未生起念頭覺得蟬聲惱人，既不生起煩惱的念頭，覺得蟬聲無礙，也就不須要生起別的念頭討厭蟬聲、想要滅除蟬聲，就沒有一念接續一念的執著和煩惱……

心念不空過，能滅諸有苦，我揣想，那個時刻，應該就是「觀音耳根圓通」的開始吧，啊，「入流亡所」，入聲音之流，忘、亡於所指和能指，所以心，在那個時刻，感到不受纏縛，任運自在。

記憶之光——孫翼華畫作

「目擊道存，記憶之光」——這是第一次看到孫翼華作品，我心中浮現的印象。

十一月的某個午後，去到台北市安和路「心晴美術館」，看她名為「詩學視域」的個展，承蒙孫翼華導覽，細細觀看之後，坐在茶几上喝茶，畫家客氣的問我對她作品的看法。

我當然是欣賞她的作品，所以才前去觀看，但被詢問的當下，我並沒有現場回答，只說，容許我把自己的看法寫成一篇文章。

當下我本來要說的是：妳是一位本質害羞又不自滿於創作現狀的人，妳是一位充滿女性自覺又曲筆隱喻的藝術家，妳解構了夢境和現實然後用飄忽的線條重新編織……。

孫翼華的作品很是精采，在她的個展畫冊裡，策展人廖仁義的文章已經析解了她的特色，也標識了她的藝術位置，觀者可以披文入情，進而因指見月。

孫翼華作品於我的獨特魅力正在於拉扯之間的張力：女性血色轉化為波浪、岩層，浮花浪蕊又宛若渴望在空中壤植，畫面上也可見一花盛開而另一花殘敗，石青血紅分踞而立，水墨、膠彩與壓克力顏料頡頏之中成為奇特的三重奏，畫中的水母大如車輪也像捕夢之網……。

那麼血氣淋漓，又泛著寡歡悒鬱，線條和色彩中流露著不安——甚至，甚至我可以感受到畫中一絲絲憤怒和恐懼；種種複雜的情緒和聲息，使得她的作品非常撩動觀者的心緒。

她的作品大氣兼能幽祕，每一件作品之中都有許多微宇宙，細節很多，伏藏著各種情緒和心思。敷色裡如此深刻又浪漫，小小的斑馬出現在幾件作品的畫面中，其中有一隻斑馬如同臨水面，而現出倒影，但我又覺得水面如鏡，啊不！是結了冰。諸相是一，彷彿可以使我們目擊道存——造化中有大美，而造化確實不仁。

記憶之光所照現者，必須畫下來，用來抵抗黑夜。

名為「翼華」，她的畫中常見羽毛和花朵，這或是一種叩問「翼華為何」的潛意識吧。不明說、不直說而因此說不盡、意不絕的，才是詩的轄地！孫翼華的畫作正是如此的出入而有凜然的詩意，指涉夢與醒之間，微光中諸色歷歷，孫翼華的作品，在某種意義上，是毀壞中還要創生的生命意志，然而這生命的意志，必然包含著不安和悒鬱，——水母在大海中漂游著，無所附依卻如此自由，從北到南，自西徂東。

味味一味，平常心是道

二十幾歲之後，參加過一些佛寺的活動或是禪修課程，原因都是為了對治自己的狂心，那是一種本能的渴望，希望自己能夠靜心、安心，「煩惱泥中，乃有眾生起佛法耳」，參加禪修，最開始的動力是為了安自己的心。

一九九〇年參加惟覺老和尚在萬里「靈泉寺」的禪七，每天須打坐許多柱香，第一次「跑香」之時，眾人在室內隨主法的法師指示越走越快、越跑越快，不知繞了多久、多少圈了，主法和尚在禪堂猛地大喝一聲「停！」

眾人驀然停下跑步，喘氣吁吁，身晃體搖，主法和尚大喝：「心在哪裡？」當年的我，聽到有人問我「心在哪裡」，真是當頭棒喝！我的心，究竟在哪裡呢？

接近三十年之後，在高雄「深水觀音禪寺」跟隨悟觀法師辦理「看見自己：禪文化生活營」，除了悟觀法師領眾禪坐是營隊核心之外，王心心以南管彈唱心經、普門品偈頌、唐詩宋詞，是另外的要項，其他並安排了一些演講的分享。

還有一個重點，悟觀法師安排了兩個下午的茶席：「粗相」、「味味一味」，由陳素雲、邱永岡帶領眾多茶人設茶席，我們喝了多種法師的老茶。

茶，其實示現「因、緣、果」。好茶葉、好水、適合的茶具是好「因」，茶人對茶葉的性質之體會與掌握、沏茶經驗與技術等等是好「緣」，好因加上好緣而呈現出來的就是好「果」——好茶。

茶人如是慎重的沏茶，喝茶的人也變得慎重，對喝下的茶之滋味，也更能覺受。若在忙亂躁動之中，哪來什麼滋味呢？

邱永岡親力親為，帶好水來禪寺，以陶壺、煤炭燒水，燒水燒到汗流夾背，供所有的茶人沏茶，他那麼全神貫注。

悟觀法師之後在臉書撰文讚歎而說：

「永岡如是的燒水供養之心與法供養之心何異。感念在心。他就像這朵梅花般的明亮，在工作中看見自己。

趙州從諗禪師（七七八年－八九七年）以『平常心是道』開悟心地。八十歲時受請，住趙州城東觀音院，教授後進，尊為『趙州古佛』。從諗承禪師襲馬祖道一，在日常生活修行中，常以『喫茶去』接引學人。僧問。十二時中。如何用心。諗曰。汝被十二時辰使。老僧使得十二時。」

是啊，茶席之中，花開花落。死生事大，只在一吸一呼而已，調柔身息心，得養戒定慧。煮水的時候好好煮水，沏茶的時候好好沏茶。

心在哪裡？在平常處，在日常裡啊！味味一味，一月普現一切水，千江有水千江月。是啊，死生事大，所以喝茶的時候，就好好喝茶。

「不二齋」主人江赫

雨中，去了「不二齋」拜訪主人江赫，剛入齋中，我是帶著些許急躁的，因為有一些事情掛懷，主人間接加熱了沉香，教我嗅聞之道，我感覺到自己的微微鼻塞，氣甚不順，過一段時間的慢慢調息，我感到第一味香的雍容親切，如此愉悅，也不禁笑自己，五十二歲了，還學不會「惜取而今現在」——照顧每一步腳下。

沉香呈現的氣味一直在變，開始是近乎儒釋之間的氣味，慢慢顯現莊嚴肅穆，我想起佛經上說的：「如蜂採蜜，但取其味，不損色香」……

可以嗅聞，不可觸摸，因為心慢慢靜下來了，也因為齋中雅潔，沉香的氣味如此明顯，不受染汙，我遂制心一處，如同合掌敬受之、讚歎之。覺得自己此刻「無事不辦」——只需要專心聞香，僅此一事，此外，沒有什麼事需要辦。

覺受發出香氣的沉香是一種身心界限的鬆綁、泯除，聞到入味入心處，悠然復澹然，覺得自己了無纏縛。

因為稍後有一位不是那麼佛教信仰的朋友將加入香席，江赫體貼別人，怕後來的朋友也許驚嚇，所以聞香之中，先取出了幾個盛裝在盤子上的「嘎巴拉」讓我觀看，我凜然一驚，覺得每一期的生命如此殷重而珍貴，確實也只是「暫時假有」而已，像鼻中、胸中、腹中裊裊的沉香，翻騰、幻化如水流、雲湧，說有實無，說無若有……

金剛經有句：「此法無實無虛」，「法」是「任持自性」、「軌生物解」，一片沉香，真的可以令人專注而靜心入道，無怪乎香之為道而名香道，無怪乎經上常說：以諸華香供養諸佛菩薩……

嘎巴拉是藏傳佛教修行有成的高僧或喇嘛往生後的頭蓋骨，雕繪而成的法器，江赫說：「我父親陸續收藏了許多嘎巴拉，一個嘎巴拉可能是喇嘛誦經一生的結晶，法力很強，但這些都是因緣際會而已，我們父子只是暫時的保管者。」

我不禁喟歎，一片修行人的頭蓋骨，如此成為莊嚴的法器，我也想起經上記載：佛陀和弟子外出，看到路上無名的骸骨，脫身上之衣，用覆其上……

「不二齋」中，除了聞香、閒聊倪瓚，我偶爾踱步，看室中的一些珍貴的藏傳佛教文物，我想起《維摩詰經》的「入不二門」。

因為根器機緣之不同，不同的人嗅聞出不同的香；法法平等，香中自有不二門。

以此筆墨法供養

二〇一九年三月二十三日到五月五日，將在佛光山高雄總本山的「佛光緣美術館」總館個展，為期四十四天。近日都在審視自己的作品，想要勾勒出一些分類，以便模擬作品陳列在空間中的感覺，還有聯絡一些裝裱的工作，以及為作品定題。

其中有一件茶染作品，上面寫了自己的句子：「一石一石又一石，其形大小皆不同，君心我心眾生心，皆在月光大海中。」我在想，應該將作品命題為何呢？一、三、四句，好像都可以拿來當做作品題目。「青雨山房」挺瑋、季萱的悉心裝池，使得這件作品，變得更安靜，之前茶染的痕跡、色塊，將在時間中次第轉暗、變紅——因為茶，是有機的，每一天都在幻化，變動不居；茶不像無機的岩彩，穩定不變。

我看著茶跡、墨痕，也回想起，半生的心跡；展覽的主題叫做《以此筆墨法供養：許悔之手墨展》，其實我的心境上，和星雲大師深有關連。

二〇〇九年，我與友人良珀、明燕伉儷創辦了「有鹿文化」，因為除了出版書籍之外，喜歡藝術的我還想做一個藝術品網站，讓公司嘗試別的可能，很快的，我就把資金花費殆盡，公司就快無以為繼了。

也就是在那時候，我和佛光山的法師們，次第編輯出版了大師《般若心經的生活觀》、《成就的祕訣：金剛經》等書，編輯的過程，可以覺受佛陀智海、大師知見，因為一心專注在此，我度過了要不要收掉公司的焦慮，也因為此二書，讀者甚眾，有鹿文化度過創立時的經營難關。

依照合約，把大師的版稅寄到佛光山，被返還，有鹿文化遂建議，把版稅捐給佛光山的基金會，又不被允。大師請佛光山「法堂書記室」的法師賜信，大意是說：文化事業不容易經營，他的版稅就給有鹿文化做為經營、推廣文化之用。

這麼多年來，對大師之心，無以為報！所以努力做一個在人生、創作、出版發出一點點微光的人，做一個「自照照人」的人，便是我心中對大師默然之一諾。

「以此筆墨法供養」，「法供養」是指，能如佛所說法而修行，以法攝持，融入自心，行住坐臥不離佛法，此為最上供養。

《華嚴經．普賢行願品》有云：「善男子！諸供養中，法供養最！所謂如說修行供養，利益眾生供養，攝受眾生供養，代眾生苦供養，勤修善根供養，不捨菩薩業供養，不離菩提心供養。」

「諸供養中，法供養最」，然而非常慚愧，我做不好也做太少，但偶生退轉之念時，常常能生起奮勇之心，向上一著，大師於我之言教身教，永志不忘。

是以，這次在佛光山「佛光緣美術館」總館的個展，是我學著「自照照人」

的心跡，也是對佛法和星雲大師的禮敬讚歎。

那麼，這件區區茶染手墨之作，便命題為「自照照人」吧。

環誠與嘉誠

我的辦公桌上放了幾枝毛筆，在電腦滑鼠旁邊，已經好些天了，還沒使用，也並未收進櫃子裡，我還想再多放一些時日。

半百之後，我越來越喜歡諸般人事「乾乾淨淨、清清楚楚」，如果有答應別人的事，大概都放在心裡，盡力去完成。有些人事，覺得自己無力，就不輕易允諾，越是清省越好。半百之後，我基本的心態是把每一天都當作最後一天活，這樣最沒有牽掛，或許也最不會有遺憾。

桌上的幾枝毛筆，是兩位小朋友送我的禮物，鄭環誠和鄭嘉誠這對兄弟，他們一位國中一年級，一位小學六年級，大概是我這幾年來所認識的最年輕的朋友。

這幾枝毛筆，是他們兄弟用自己的零用錢去書局買來送我的，我也以箋寫字，回贈為禮。

我的桌上，還有一個扇面，是嘉誠手書「清風徐徐」四字，清爽有神，他隨書法家李默父習字，有一次完成了這個扇面而動念送給了我。我的隨身後揹包中，有一只「小日子」出品的防風打火機，因為璟誠知道我抽菸，所以買來送我。

我珍愛這些物品，是因為他們兄弟關心我的心意超乎了他們的年齡；關心，就是心中有人，想要使人受用或歡喜。

和璟誠、嘉誠有緣，使我對佛法所說的「因緣」有了更深刻的體會。有時我們見到一些人，覺得彷彿曾經認識，有一種親近之感，可以感覺，但也無法明辨與分析，到最後，知道那是「往昔因緣」——過去生中，曾經以不同的身分相見相遇過，而有緣分。佛陀說過很多他的「本生故事」，就是他一期又一期的生命裡，如何與有緣眾生之相遇；就像最早跟隨佛陀出家的五位比丘，佛陀說：他們有一世海上採珠遇難，同為採珠商人的佛陀，捨身救了他們；又有一世，佛陀是薩埵太子，捨身飼虎，他們正是快餓死的小老虎……

佛陀說這說那，說許多「往昔甚深因緣」，因為佛知一切因緣。做為眾生之一的我，生生世世，漂溺生死大海，當然不會知道和璟誠、嘉誠，乃至與其他眾生的往昔因緣確切是什麼，但他們如同在生命中啟發我的許多人一樣，會開始去思惟什麼是「怨親平等」——超乎「怨」與「親」的去對應有緣眾生、無緣眾生。

他們兄弟的父母親鄭英鑫醫師、張佳雯小姐伉儷經營診所，常常在國內外偏鄉處義診，他們兄弟超乎年紀而能對我施予關心，應該是他們有往昔甚深之因緣，而成為一家人，此生同行。

怨親平等，現在的我，自然還做不到；偶爾還是會起心動念、無明火起。我看著桌上的幾枝毛筆，回想今年種種煩惱了自己也煩惱別人的無明，這幾枝筆是一種提醒吧：往昔因緣既不可知，心中常懷讚歎感恩。

信物——一卷「天平經」

二〇一三年，因為星雲大師《百年佛緣》其中的一場發表會，有朋友相約，我遂去了佛光山在台中的道場「惠中寺」，到達的時候，發現賓客與信眾非常多，其實我的本性很害怕人多，就默默躲在一角，偶爾有認識的法師或朋友向我打招呼。

一位熟識的女士S突然跑過來，介紹我認識一位朋友M，因為當時M在會場，其實人生地不熟，但因為先前一個佛法的因緣，M來到了台灣參加這個發表會。

會場裡人聲鼎沸，因為語言的隔閡，M很難進入那種情境；我遂用英語表達關心，並詢問需要什麼幫助，所以結了一個緣。

M表示之後將去桃園機場搭飛機，我心裡想，應該要確認其行程的順利安全，所以就寫了一張紙交給M，以便路上若是語言不通，可以請計程車司機打我的手機協助說明清楚。

一年多以後，M帶了一卷八百多年前日本高野山「金剛峰寺」開版印刷的「大般若經切」要來送我致謝（切，是指局部、片段的意思）。我用英語對M說：「這太珍貴了！我不能接受！」但M非常堅定，最後我收了這卷「大般若經切」。

「大般若經切」掛在家中將近兩個星期，每天心裡都有一個聲音告訴我，這卷經屬於一位布施廣遠的人，我遂把此軸送給了這位眾人愛敬的人。

而且我告訴了M，我為何順從心的呼聲而如此做，「因為一切經文本來是佛陀微妙本心的光光相照！我把此經卷贈與一位光照人間的人，祝福祈願他康健吉祥、光照久遠！」

M本來不能理解，但後來知道我的用意；之後，M堅持送了我一卷《天平經》，只是這次，M希望我不要再轉贈他人。

在日本奈良時期的聖武天皇年號「天平」年間，聘請一些漢人前去日本，帶領日本人抄寫漢譯《大般若經》傳佈，此是留存下來的片段之一。

因為是在年號「天平」時期，所以稱為「天平經」；抄經人在「藥師寺」中抄經，又名「藥師寺經」；也又名「魚養經」。

這是多麼久的「信物」啊！證明佛法的清淨光，如此照在人間。二〇一四年，M敦請京都「好和堂」村山秀紀先生裝池成軸，無量劫中，我暫時而有，遂寶愛存之，我將之視為自己學佛路上「因緣不可思議，果報不可思議」的「信物」。

佛光山「佛光緣美術館」台北分館的有泉法師，在二〇一九年一月十九日到三月三日，策劃執行一個關於「信物」之公眾展覽，法師詢問於我，我遂決定借出此軸，因為心想：或許有一刻，有一個人，可以看到軸上之經文已逾千年，忽而想起自己的慧命經百千劫而不垢不淨、不增不減。

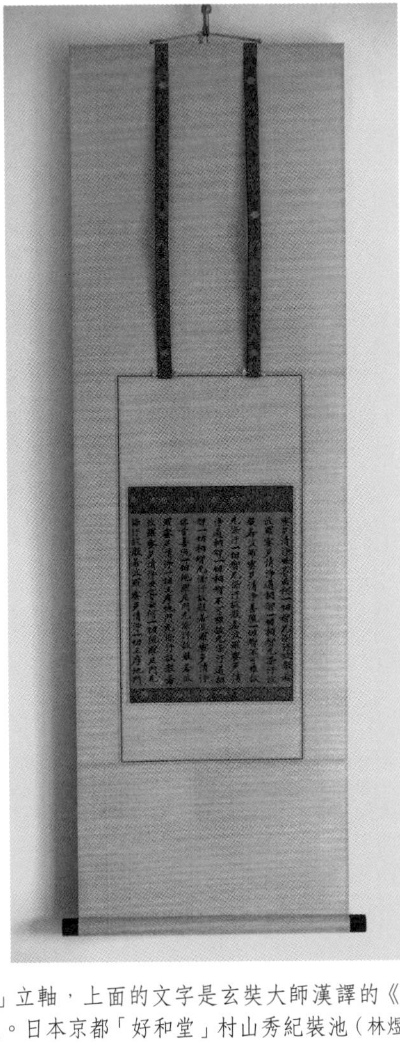

「天平經」立軸，上面的文字是玄奘大師漢譯的《大般若經》
經文片段。日本京都「好和堂」村山秀紀裝池（林煜幃攝影）

恰巧行過菩提樹下

一天早上起床，突然動念，想要磨墨寫字，送一位朋友。

我取出一方老綠端硯，拿出蔣勳老師送我的寫經墨，開始磨墨，像一種心情的準備。因為好幾天以來，有一個念頭一直盤旋不去，應該為陳念萱新書的扉頁獻詞寫字。

認識作家陳念萱好多年了，有鹿文化陸續編輯出版了一些她的書，彷彿繞了一個大圈，她完成了一本最早我跟她邀約的書。幾年前，我在她的臉書看到上傳的一些照片，是她已經圓寂的上師的荼毘大典。看過陳念萱《尋找上師》這本書的人，應該會很受觸動——尋找上師，其實是為了安放自己的心；尋找上師，其實就是一個旅途，為了尋找自己的心。

不久前，陳念萱交出了一本完完整整的書稿，我看到前幾篇就鼻酸欲淚，書中，她寫了很多死亡，母親的、大伯的與上師的死亡。然而，他們在文章裡，好像只是到了另外一個屋子。

佛法的屋子，而且這個屋子不必敲門，隨時隨地都可以進入。

陳念萱在她全書開頭，寫了一段獻詞：「踽踽獨行菩薩道，無量諸佛來看照；眾生執迷黃泉路，我欲勾牽毒火燒。——敬獻給鳩摩羅什這首詩，灑淚幾桶也不足以感謝其無怨無悔菩薩行。」我剛看到的時候，情緒非常的震動，對於一個相信佛法的人如我，我知道陳念萱為什麼寫這些句子，因為生和死真是教人疲累又恐懼啊！要如何了脫生死呢？這是我以前向陳念萱邀第一本書的念頭，希望透過她那麼獨特的心情和經驗，告訴別人什麼是死，也或許因為知道了死，而能好好的、有意義的生……

我在秋天的早上，慢慢磨墨，彷彿知道陳念萱為什麼寫這些句子，佛法難聞啊！做為諸苦交逼的人身，居然可以聞聽、思惟佛法，為必將到來的這一期生命的死亡，找尋不一樣的旅途。

我慢慢磨墨，磨到了一種覺得適當的濃度，遂開始寫字，我對陳念萱書中獻詞的心情和體會，化為筆墨，準備編入這本書的扉頁，也送給陳念萱存留，以誌因緣。

「我帶著母親的遺骨繞塔繞菩提樹，惶惑忐忑，起了私心，期望母親能因此沾光。也許不會為自己如此膽大妄為，卻無論如何認為沒有信仰基礎的母親，可能需要這看來愚昧的方式，強忍不安，我拿出一片彩色遺骨，塞到了樹根下。原諒我。正準備顫抖離去的當下，樹旁靜坐的僧尼忽然叫住我，指著飄然而下的落葉：『那是妳的！』」

這是書中的一篇，陳念萱寫她如何為自己捨報的母親，完成一趟聖地的佛事。佛力加被，可以憑藉一片聖樹掉下的菩提葉嗎？什麼是菩提自性？我們跟著她的文章，恰巧也行過菩提樹下……。

《旅途中遇見金剛經》這本書，說的既是現實裡旅行之見聞，其實也是生命做為一趟又一趟旅途之隱喻。

「生生世世，這一次，遇到金剛經了嗎？看到金剛心了嗎？」我繼續磨著墨，抄經，希望抄入心中，但是，心在何處？

台南、易經、王浩一

每年冬天變冷的時候，都特別想去台南待幾天。這裡吃吃、那裡走走，看看海；不同的時節裡，府城都有黃金時光，但我生性怕熱，夏天的台南，每次總是令我走得汗流浹背，所以我往往是天冷的冬天，去台南叨擾王浩一。

這麼多年過了，去台南找王浩一，是非常愉快的經驗。跟隨他的帶領，吃一些攤子、小店，走逛老市場，細看廟宇和古蹟……，邊走邊吃邊看，王浩一總是適時地解說，為我挖掘府城的沉層結構和靈魂氣息，他使得我逛遊的台南，不只是台南而已。

今年要去拜訪王浩一之前，他的《英雄多情》印出來了，我充滿喜悅的帶了一本回家看，做為一個出版人，電子檔的書稿和印成紙本的成書，是截然不同的。

年輕時上班，我總跟著大家說：「人在江湖，身不由己！」因為人跟人之間充滿了不同的看法、經驗和利益，所以常有扞格、競逐和衝突；江湖浮沉，我也常常為人事所激動，生氣，當然也傷害別人、折磨自己。五十歲過後的這幾年，比較認真學佛，雖然進步了許多，但還是偶爾不管用。

翻著《英雄多情》的自序，王浩一說：「年輕時，關於狄青的貶謫結局，我對歐陽脩頗有微言，認為他怎麼可以把一位大英雄搞成憂鬱症。隨著歲月增長，自己在職場多了歷練，才知道『歐陽脩用心良苦』，他將狄青調離樞密使職務，其實是在保護他一生的清白。怎麼說？

狄青是忠臣……歐陽脩知道，也知道狄青是『國士無雙的超級業務』，難免人紅是非多，重要的是『車子不是只有油門，也要有煞車。』」

年輕時我也常有這樣的困惑：「為什麼英雄，往往最後是悲劇？」甚至就是上班工作，也常常發生人我權力關係的各種悲劇……

從進入職場以後，我也意識到，開始要拿捏自己應該「做事幾分、做人幾分」，以免一路往前衝——「只管工作，沒管做人」，反而害了自己「認真工作」卻被別人整得「日子難過」；吃虧幾次之後，我了解自己必須付出時間，面對整個組織的權力運作，好為自己趨吉避禍。

這一些很弔詭，我也曾經很不屑，但受傷受創久了，也會試著捉摸自己的職場和應世哲學；但基本上，在這方面的拿捏和處理，我是一個失敗者。

古人說，英雄「多情」，但除了「兒女情長」，有沒有可能，廣義的「多情」其實是另一種人生智慧？進退拿捏，才能做到「情到深處無怨尤」。

《英雄多情》說辛棄疾、柳永、歐陽脩、李泌、左宗棠、季札、尉遲恭、白居易等，這些風雲人物，剖析了這些英雄心理情境與經世之道，也許，歷史人物乍看之下的「無情」，卻是真正的「有情」。王浩一以他的易經知見與歷史潛泳，解卦歷史人物起伏的生命歷程。

英雄背後的「多情」，其實反映出最真實的人生情境——高低起伏、吉凶悔吝，《英雄多情》說的是人生如何找到積極轉換信念的方法，達到「人生最明白」的境界。

這個冬天去台南拜訪、叨擾王浩一，我要向他說，如果年輕時，有這樣的一本書，我一定會在職場裡，少掉許多痛苦和折磨；這一次待在台南，我想聽他多說一些歷史、易經和未來世局。

路逢劍客須呈劍

「路逢劍客須呈劍」，對一個網路時代興起前就開始寫作的人如我，筆，就宛若是寫作者的劍，透過文字而出的書寫必須藉著筆紙完成。我面對鍵盤打字的速度很慢，因此備受干擾，所以大部分寫作的時間裡，還是習慣用筆書寫。

我這半生，送我最多次筆的人，是林文月老師。以前她每次從國外回來，大概都會送我一支筆，那彷彿是一種不必言語的叮嚀：悔之，用筆好好寫字。「解劍贈壯士」，每次收到林老師送我的筆，都慨然有壯濶之情；筆，也不再是筆，是一種心意的銘記和付囑。

筆，其形雖小，但其勢其力不可限量，「來何洶湧須揮劍，去尚纏緜可付簫」，少年時記住了龔自珍這兩行詩句，愛之不忘，收到贈筆時，總會想起用筆書寫，文字可以洶湧，也可以纏綿。

林文月老師送我諸多支筆，有一次，我取了其中一支，送給有鹿的夥伴施彥如，她也是一位「讀中文系的人」。前年她非常充滿情感投注心力編輯林老師的《文字的魅力：從六朝開始散步》，有一天，我慎重的取出一支林老師送我的筆，送給彥如，知道彥如會曉得我的感動和敬意。

我隨身的後背包，總是攜帶了各式各樣的筆，多是朋友所贈，每次選用一支筆來寫字，都起動了緣會的記憶和感激。

最近收到朋友林怡君送的一支鋼筆，看到這支美麗的鋼筆上面，鐫刻了我以前的狗兒之名「尼歐」，知道怡君應該是讀過我寫尼歐的文章；尼歐的名字在一隻鋼筆上被銘記，也在我的心裡被銘記，像葉慈的〈一九一六年復活節〉那首詩裡，被鄭重銘記的那些人名⋯⋯。

有一天，在有鹿文化辦公室把看三支筆。這支鐫有尼歐之名的鋼筆，一支袖珍鋼筆，和一支日本「溫恭堂」所製「一掃千軍」長鋒羊毫筆。

臺靜農先生晚年喜用「一掃千軍」寫字，林文月老師以前若去日本時，常常買了帶回台北要送給臺先生，但臺先生總是以做為老師的身分堅持要付錢。這支「一掃千軍」懸在筆架，多年前，畫家于彭到有鹿文化辦公室曾用之而作畫，我則甚少用之，因為寶愛之故。

袖珍鋼筆則是大兒子含光用他第一筆寫歌的版稅收入買來送我，上面以法文刻字「送給父親」。

那一個下午，我忍不住花了很長的時間，一一把看朋友們送我的各式各樣的筆。「路逢劍客須呈劍，不是詩人莫獻詩」——唐代的臨濟義玄禪師如是道，禪師原來是說證悟之境如人飲水而冷暖自知。

半生的大部分時間以筆書寫，愛筆、敬筆，知道長輩、朋友以筆鼓舞、勉勵我的心意，所以有時候我也會送筆給人。有一次，看到「鴉埠咖啡」的Tina

在臉書說恭抄《心經》且反聞自性的心情，我就敬送了小字抄經會好用的筆給她，正因為人生路上、因緣之中，我們都是贈劍之人也是受劍之人。

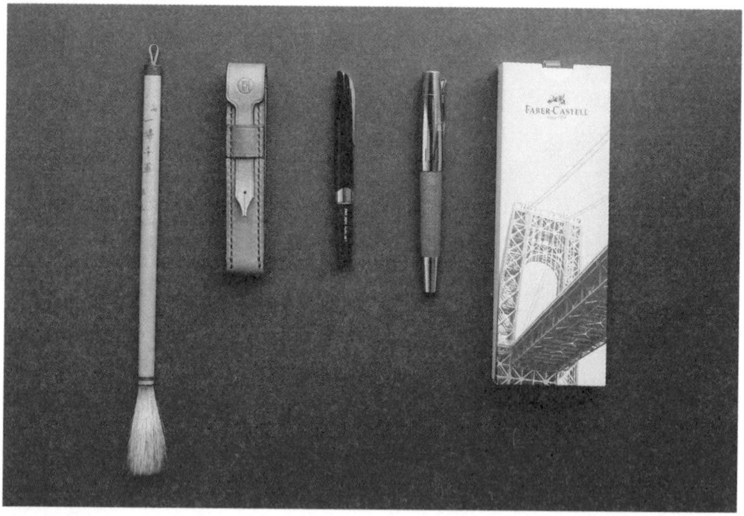

一支「一掃千軍」長鋒羊毫毛筆，兩枝分別刻有「pour papa」、「尼歐」的鋼筆
（林煜幃 攝影）

時差意識裡的林予晞

在台灣的音樂界、表演藝術圈裡，有幾位擅用攝影表達「看世界的方法」之人，例如伍佰、陳綺貞、「蘇打綠」的鼓手小威……。二〇一八年十一月的一個午後，我到一個名為ONFOTO的文化空間去看林予晞「時區檔案」攝影個展，在那些攝影作品之中，我看到好多件她拍的時鐘，瞬間想到電影《阿飛正傳》裡不斷出現的時鐘。

時鐘作為一個象徵物，其實是一種憂煩、一種恐懼，它提醒了世界的種種之存在、存在的不斷變化、存在的必將消失。看著林予晞拍攝的好幾件時鐘作品，我突然覺得非常的感傷，而且荒涼，所有的美麗和美好，都在彈指之間顯得這麼脆弱，好像只有透過藝術創作——譬如攝影，可以凝凍時間的波光。

做為一位攝影者，《時差意識》的出版，展現了林予晞對時間的敏感，和融入世界的渴望。時間對我們而言，是暴君；天地對我們而言，是不仁；而時間加上空間，就是「世界」。

在一篇詹雅婷採訪林予晞的報導中，如此寫道：「在會津若松所拍攝的雪景，收錄在「夢的原型」裡，大雪幾乎覆蓋了一切，彷彿遊走在意識邊緣，真實與虛幻之間沒有區別。好奇地問，當初是否有堅持要拍到設想的畫面嗎？她搖搖頭灑脫地說，只要人到就好，拍不拍得到是看緣分，「攝影是我的香格里拉，不能摻雜任何一丁點的勉強。」強調攝影必須是私密、單純、浪漫的自然舉動，絕不「為拍而拍」，總是看天吃飯，現場有什麼就拍什麼，習慣以保有環境的有機性為前提，盡可能用最低干擾的方式進入現場，在沒有人發現的狀況下完成攝影。」

因為攝影是林予晞的「香格里拉」，換句話說，是她的「勝地、聖境」，香格里拉是純淨之域，非信不能入。

那個布列松所謂攝影「決定性的瞬間」，其實像《金剛經》所說的：「過去心不可得，現在心不可得，未來心不可得」，是介乎存在與不存在的，攝影者以為的「決定性瞬間」其實是決定按下快門的「有意義之想像」而已；那麼攝影之眼與攝影之心之間的極細微時差，或許就是林予晞對世界的渴望，帶著必然破敗的荒涼預感，卻維持著某種熱情的神聖感，會不會有可能？目擊哪裡開出一枝花，遇見一場天地間之雨雪霏霏。

雲出岫，本無心；雪落下，也非有意。在這個世界，一切存在的意義，本來就自身而有，是人，使之顯豁。林予晞的「不為拍而拍」，就是等待最自然而然的「聽到」和「遇見」。

人，存在於這個世界；在林予晞的一件攝影作品中，一位日本老婦人的背影，使我想起梵谷的《食薯者》——餐桌上有一個我們永遠看不到他的臉的背對著「我們」的人，我們以為是觀看的「他者」，但看到入心、深心處，我們也就是那個畫面上看不到臉的人了。藝術——梵谷的油畫或林予晞的攝影，顯豁了存在，為我們開展了世界，因為「我們」存在於這個世界。

德國哲學家海德格（M．Heidegger）曾經說過，言說（discourse）其實有兩個組成，一是「聽到」（hearing），另一個是「緘默」（keep silent），林予晞拍她好友們的作品，都使我非常觸動。海德格的hearing是自然而然「聽到」，不是有意的「傾聽」（listen）。她留影的朋友，在作品中沉默著，但我們可以聽到，她們在說話……。

林予晞攝影作品的美，最本質上，提醒了我們，這是對時間溫柔而美麗的抵抗。

抵抗，注定是失敗的，但是因為抵抗，我們感知到自己在這個世界存在，並且留下了作品——那時間的舍利，那美的信物。

林予晞喜拍下雪，攝影是一只銀碗，啊不！攝影者的心才是銀碗，銀碗可以盛雪，林予晞按下快門的瞬間，因為時間停格了，雪中之大地如此白銀蓋覆，如此沒有過去現在未來，我們在美之中，終於覓得一處「沒有時差」的香格里拉。

林予晞拍時鐘，暗示世界的種種之存在、存在的不斷變化、存在的必將消失
（林予晞攝影／有鹿文化提供）

謝謝您！林懷民老師

曾經寫過一首詩，叫做〈夢之外〉，是四首短詩的組詩，其中有句：

水邊
捧飲自己鹹苦的淚
竟恍惚以為
已喝盡一切河中水

那是做為一個桃園觀音鄉下小孩的我，到了市鎮的中壢、平鎮一帶「復旦中學」國中部就讀，而後到了台北，所接觸的文化震撼，而寫就的詩。

少年的我，在「國父紀念館」看了雲門舞集的《夢土》，回到租屋處，心緒波動，難以抑制，像是被啟動了一種想像力，而寫成了〈夢之外〉這首詩，舞台之上，人影交錯，舞者肢體動作幻化在虛空中，像一個又一個的音符，宛若一個又一個的文字，交織成一首音樂、一首詩。

那時的台北很空曠，根本不存在著什麼叫做塞車，看完《夢土》之後，我在台北街道上走路，回租住處的路上，無限繽紛的意象襲來，舞台上那些舞者的肢體動作究竟在說什麼？我覺得需要用一首詩來自我回答，或者說整理胸臆間波濤洶湧，我回到住處，拿出紙和筆，幾乎不需要思索字句，就完成了〈夢之外〉這首詩——與其說是整理觀舞的心情，其實是《夢土》所啟發的詩興思惟……。

很多很多年以後，一位就讀台師大音樂研究所的高紹秦小姐聯繫到我，問我可不可以同意讓她使用這首詩，據之為本，譜曲編曲，成為音樂作品。

經過一段時間，去拜訪林懷民老師，我帶了一樣禮物，就是高小姐錄音給我的這首音樂作品的ＣＤ，我還影印了自己少年時名為〈夢之外〉的詩呈上。做為很多很多對林老師敬愛的人之一，我知道，除了我的詩，以及因此詩而引發的音樂，這種「互文之文」、「緣緣之緣」——我別無更大的敬意和祝福了。

過了從心所欲年紀的林懷民老師很快要交棒退休了，把「雲門舞集」交給鄭宗龍等人接力，聽說他開始也會用iPad有時追劇，其實我非常高興，林懷民老師開始能有這樣的日常。他在人生中所完成和啟發的，不只在台灣，乃至於在全世界，都有過像少年的我那樣，在觀他的舞作之後，成為一生美的資糧、永遠儲存在心中的饗宴。

少年的我，走在台北街上，宛若去禪坐參了話頭，《夢土》，我第一次觀看的林懷民老師的舞作，便是我這一生依舊在苦參的話頭之原點：把一切的苦澀、痛苦、躁動、冤錯都釋放、轉化出去，在人間留下美，美是一種破闇的光，憑藉著創作，憑藉著一首詩……。

今年夏天，想寫一把隨身小摺扇呈給林懷民老師使用，我想到他，和雲門舞集的記憶種種——那舞台之上詩意的撞擊如閃電奔雷過後有一門開啟了，雲在青天影在波。

扇子上，我打算寫以下的句子：

雲散看皓月
門開見青天

除了詩心，我別無更珍貴之物了；謝謝您！林懷民老師。

珠兒與汪浩

為自己煮了一頓很簡單的晚飯，煎一條魚以及一只荷包蛋、炒了一碟青菜。煮飯的米是蔡珠兒送的一種宜蘭米，因為用容器冷藏在冰箱裡，已經沒有了包裝的袋子，我想了很久很久，想不起米的確切產區和品種，也就作罷。世間一切名相都只是標記吧，真正的滋味在口中在心裡，就可以。

上個世紀九〇年代初、中期，汪浩和珠兒住在倫敦，我去找了他們好幾次，那是我人生非常美好的記憶。除了打擾他們帶領我走逛倫敦，我也透過倫敦，去了歐洲許多國家，那是我生命最多壯遊的時期，逛了許多許多美術館，看了很多很多的展覽和藝術表演，聽了很多很多的音樂。

但是珠兒招待我而煮過的每一頓飯，我都還依稀記得。第一次到倫敦汪浩、珠兒家，迎接我的，是一鍋珠兒熬燉許久的「醃篤鮮」。爾後每次見面，我想到了都要說一次：當年喝到這鍋湯，眼淚快要飆出來。珠兒總是笑我「太誇張了！」我一直沒有告訴珠兒，並非那鍋湯古往今來無人能及，而是年輕時又躁又過動的我，那次長途飛行，因沒有劃到靠走道的座位，窩在窗邊，竟覺得自己極度緊繃，快要崩潰，是珠兒那鍋美味的「醃篤鮮」挽救了我。

啊，食物是最瞬間能企及的幸福！

「夜雨剪春韭，新炊間黃粱」，天涯一角，杜甫與衛八處士相見時的晚餐，說的是食物、心意、情誼、身世和記憶；珠兒的那一鍋湯，美味非常，我自不是杜工部，因為那一頓料理比杜工部的豐盛太多，但他的心情，我懂得。

做為和我一樣世代，珠兒是台灣「五年級生」的才女，她的手藝不凡，包括文章和廚藝。許多人讀過珠兒的文章，不少朋友都吃過珠兒掌杓的飯。珠兒寫文章，是要「嘔出心乃已」的那種「頂真」；燒菜的珠兒，則如德奧風格的音樂家，治軍謹嚴，一絲不苟，每一回辦家宴，都是一次壯濶史詩的展演。從倫敦、香港到台北，我時而化身一名食客，寄食於汪浩、珠兒家。在他們家，喫珠兒燒的菜，如同品嚐一首詩。

有一年，為了大閘蟹，去香港他們家。珠兒那天熬了「七米粥」——用七種不同的米分而煮之，最後又融洽於一爐，啊不，是一鍋「白糜」。七種米，如同賦格曲，中間含蘊對法位，那是我這輩子聽過最複雜又和諧的「白米交響詩」。

他們搬回台北之後，有時在農曆過年前，會得到珠兒手作的蘿蔔糕，我總不自覺就想起，汪浩本來自稱是珠兒廚藝的「試菜員」，後來晉升為「試菜員外」——這大概是台北最幸福的身分了。

「李昂文藏館」之必要

那是一個雨夜，大雨潑削，如同李賀的詩境，我凝神寫大字「李昂文藏館」；以張大千選毫、日本「喜屋」監製的「藝壇主盟」長鋒英國黃牛耳內毛筆寫字，所用之紙是三十年「紅星羅紋」老紙。

由於慣常以小字抄經或寫詩，寫大字，對我而言甚有壓力，也因心中有所懼、有所為、有所得、有所取，所以連寫了七大張紅星老紙，流了一身大汗。最後，去六，存一。

在這不久前，「網路基因公司」董事長施俊宇打電話告訴我，「李昂文藏館」門前所需之一紙，尺幅為何，我遂受命於李昂、俊宇之付囑，著意思惟此紙之布局和完成。

我告訴俊宇，既然館內展示文物的說明牌需要標識，何不逕找書法家李默父治印，既可用於說明牌，尚能蓋在我的一紙之上。

待看到默父所治之印，大吃一驚！真是破格而充滿奇趣、力氣之一印！印文是「李昂文藏館」五字，我深怕蓋壞了，特別請默父走一趟有鹿文化，央他用印。

默父告訴我，關於他治此印的想法：「李昂老師突破固有藩籬的創作精神，在寫實筆調又融入魔幻夢境及意識流象徵的表現方式，在在啟發著後進藝術創作者，也讓我想著『傳統』書、畫、印有著千年的歷史包袱，如何有開創意念地『承古開新』，就是我們此輩創作者的最大使命。

悔之兄此次引薦我為李昂老師文藏館治印，實莫大殊榮。此館裝置有大燈籠、紅眠床為空間點綴的古樸典雅，因此就在既有文字架構下加入老地磚及花窗的概念刻治了這方印。」

默父的構思彰顯了他不馴、特出的才情，一紙之上，有默父如此佳印，實乃借光。

「網路基因」的俊宇則告訴我他對「李昂文藏館」的空間與內容之見解，他說：「李昂老師當初找我，應該是想問問怎麼讓文藏館的數位網路部分完整些；但我的本業雖然是網路行銷，卻覺得數位未必是最好的解答。

就像老師原本想要有個數位或網路互動的項目，我卻死皮賴臉的硬是說服了老師，做個實體抽籤詩的遊戲，不過也累了老師的眾多好友，寫籤文的、設計籤詩的，總之都是眾人的才華與智慧。

等到實際到了文藏館現場，紅磚地、木眠床，更讓我確定自己的想法無誤。」

俊宇參與了諸多文藏館如何呈現之發想和建構，也因而賦予文藏館「新」與「舊」對話的鮮活生命力。

墨瀋、印泥乾了之後的一天，李昂和我前往台北「太古齋」，和主人莊建俊先生討論了許久關於裝池的看法；是啊，一切的完成，其實都是時間的藝術……

二〇一九年三月二十五日，位於國立中興大學圖書館內的「李昂文藏館」終於要正式開幕，從二十幾歲認識李昂，到了我五十多歲的時候，受命為「李昂文藏館」寫了一紙，我知道，李昂書寫的光澤如同黃金，時間的落塵也無法使之髒汙。

「李昂文藏館」書法，許悔之寫
（林煜幃攝影）

「法華經者」張淑芬

我不知道別人是怎麼看「台積電慈善基金會」董事長張淑芬的，但對我而言，她就是一個「法華經者」。

好多年前，因為她義賣畫作捐給「佛陀紀念館」，所以在「佛光緣美術館」總館辦了一次個展，義賣所得就捐給佛陀紀念館。

佛陀紀念館館長如常法師告訴我這件事，我心有所感，遂寫了一篇小文章，開始和張淑芬結一個緣。後來有機會在一些場合碰到，包括一起上一位仁波切說《心經》的課，我們彼此有了些認識。

第一次受邀到她和張忠謀先生台北的家，一進了門，張淑芬見面的第一句話是「菩薩要我來幫你，所以我約你見面。」然後她就描繪了我一個內心極為隱密的創傷和黑洞，那個時候我熱淚盈眶，說不出什麼話來。怔怔的想了許多許多，彈指間有若數劫、數劫餘已然經過。

這些年，除了為有鹿文化出版之星雲大師的書作序，我也沒有開口請她幫我什麼，但其實她幫我很多。

從較早「台積電志工社」時期的老者關懷、育幼院扶助，乃至高雄氣爆的重建、花蓮震災的復原，及至最近她倡導投入的公益平台「把愛送出去」——為沒有食物的小孩找到營養健康的食物和供給——每次我們彼此的問好，都是我在媒體上看到她的作為向她簡短的致意，或者有時她傳給我一個Line的訊息。但她就是一位菩薩行者，如《法華經》上所言，菩薩是「如來使，如來所遣，行如來事」——於如同一夢的這一期生命行佛事。

夢中佛事。

佛陀證悟後，共住世說法四十九年，依照不同的時期、因緣成熟有緣眾生；佛陀說有、說空，到了說法後期的「法華涅槃時」，佛陀說了《無量義經》，然後說《法華經》——教菩薩法，佛所護念之經，圓滿「般若時」，空中生妙有的「真空妙有」。

對我而言，張淑芬除了財布施、無畏布施，還有願心成就，用畫作和理念，生成護持佛法、愛護眾生的錢財、法財，是一種空中生妙有「法華經行者」，「法華經者」啊！

春節假期之前，有一天接到張淑芬訊息，邀我去她的畫室，我在裡面看到了許多作品，大多是抽象的油畫，有的說生死輪迴，有的說人間發生，有的指涉了華嚴世界、微妙本心……，觀者如我，如見法布施；我突然懂得當年她見我面時所說的「菩薩要我來幫你」這句話的含意了。

這個人間總有一些人鼓舞了我們，而能在我們意欲退轉之時，能夠「向上一著」！像張淑芬，因願心而有大力，「制心一處，無事不辦」，此心所在，是佛之清淨心，以清淨的心行布施——包括志業，包括藝業。

我在她的畫室之中，看到幾件新作的抽象水墨，忽然想起華梵大學董事長悟觀法師常說的法華經句「如來使，如來所遣，行如來事」，就突然轉過頭去，對張淑芬說：「Sophie姊，我要找一位篆刻家，刻一方『如來使』的印，送給妳，或許可以用在妳的水墨作品上。」

「如來使」，菩薩行者，就是佛陀的使者；我遂敬請青年篆刻家劉加乘先生治此一印，邊款題記因緣。

下回和張淑芬見面，再當面奉上，做為敬意。紙上和畫布上的創作，如同慈善志業，也都是「借假修真」的「夢中佛事」了，只是這夢，因為願心，就遠離分別、顛倒、妄想了。

衣上點點疑櫻瓣

三月二十三日，是我在佛光山「佛光緣美術館」高雄總館個展的開幕日，因為有七十件左右的作品，或軸子、或冊頁、或手卷、或框裝，裝池形式大小都不同，所以從展出思惟，作品整理、建檔造冊，乃至於之後的作品運輸、現場佈展……，事務眾多；因為美術館在高雄，路途甚遠，所以有許多處理聯繫的細節。

這一段時間以來，除了佛光山如常、如川二位法師，還有許多朋友指導、幫忙，所以我很幸運，可以專注於思惟與發想。

有鹿文化的同事李曙辛，幫我處理了許多檔案整理的事，俐落而且耐煩。

朋友張佳雯，費了許多的工夫，幫我整理作品和分類；記得有一天，他們到有鹿文化辦公室幫我整理作品並且打包，因為數量不少，需要排放整齊，他們兩人遂搬東搬西，在空間裡把眾多紙箱放置安好。

我在旁邊看著，覺得非常赧愧，終究我所能夠完成的一點點創作成績，其實是許多人的助緣、助成。作品在面世之前，其實是沒有生命，如同自性塵中埋；作品只有被看見、被遭遇，才能胸懸寶鏡映照自性心光！我這些作品，如果不是朋友們給予協助，終究不會因緣具足在一個時間、空間的輻輳點出現。

時間、空間、人間，人間的事終究是堪忍的修行場、心性鍾鍛的煉爐。對我而言，佳雯、曙辛，就像伙房、茶房裡的修行人，入於細節日常而能照顧腳下、面對當前；那麼，我自己呢？

半生以來，其實我是一個非常不耐煩陷於細節的人，做一個有著躁鬱之心又「類亞斯伯格傾向」的人，我又充滿許多常人難以理解的偏執。幸而這些年，我學會了事情一旦交給別人就一切安心，就全然歡喜和接受；甚至我也有一個覺知和習氣的重大改變——不再追求自己以為的「完美」，我以為的「完美」，終究只是自我之見……。

人間是做中之學，原本比較像「林棲者」的我，終於在轉瞬一夢的人生步入了秋天之時驚見，衣上點點疑櫻瓣，原來我佛有淚痕……。

這一年來，我以筆墨造境，寫了許多紙石屋禪師的山居詩：「著意求真真轉遠，擬心斷妄妄猶多；道人一種平懷處，月在青天影在波。」每寫一次，都是一次深心的學習；以前從悟觀法師的文字裡，看見這首山居詩，我就極愛之，每寫一次，都有細微的體會，宛若法師引導我的一次次禪修，是的，平懷處，是道場。

當了新科父母的吳挺瑋和沈季萱，知道我這次的《以此筆墨法供養：許悔之手墨展》，就主動慨允將南下佈展，有他們的美學力加持，還有佛光山許多義工朋友的幫忙，我知道佈展的諸般事宜，將會順利。

這個展覽，區區手墨，猶如捧沙供養諸佛菩薩；也做為讚歎有鹿文化能有幸出版星雲大師的四本書——我之受用而得到的光照！至於這些給予幫忙的朋友，我無以為報，那麼，就從自己的手墨中，挑選作品呈送給他們。

秀才人情紙一張，以此筆墨法供養，正因為這個展覽的意義是為了呈現「佛法那麼好！」我，如此不完美，但佛法終究使我變得有一些些自在、一點點好，那麼這次展覽的墨跡墨痕，也是「佛法難聞今已聞」而歡喜讚歎的心跡心痕了。

星雲靉靆，悟觀本心

此生有一些緣分，能和一些法師緣會，編輯出版他們的書，既使我深心的學習，也是無比美麗的功課。

三十多歲以後，我陸續為慈濟的證嚴上人、佛光山的星雲大師、西藏桑耶寺有史以來最年輕的金剛上師松柏仁波切、法鼓山前任方丈和尚果東法師、華梵大學董事長（深水觀音禪寺住持）悟觀法師……等多位法師編輯出版了一些書；也為蔣勳老師出版了《捨得，捨不得：帶著金剛經旅行》套書，以及陳念萱和佛法有關的小說、散文，這些書皆與法佛有關；把時間拉長遠一些來旁觀，是我生命的必要與必然。

長年以來，身為一個編輯人、出版人，我編過、出版過各式各樣的書；從副刊主編、雜誌兼出版社總編輯，乃至於創立有鹿文化，我的志業和人生多和文字、作者相涉，而我的作者之中，有許多位是法師。外相上，是我對佛法渴慕和興趣而有以致之；內在的核心，其實是我自己為了解惑與自救。

我是一位認真的編輯，處理每一位有緣遇到的作者，大多算是盡心盡力；唯獨每次遇到出家人的書，我都覺得自己像是一只法器，充滿了動力，有著燃臂求法般的激動。

有鹿文化編輯出版過星雲大師的四本書，都是佛教最核心經典的接眾普及版；在與佛光山法師們編大師這些書的時候，我常常許多天閉關，只吃少少的食物，斷絕外務，反覆的閱讀查證琢磨思量。在編星雲大師《成就的秘訣：金剛經》的那段時間，除了《星雲日記》，我幾乎遍讀了大師所有的著作，看到老花度數增加了好幾倍。對我而言，出家人的書不只是書而已，更是度人之舟，法師也是船師，願心無界，我怎能不窮盡心力而編之！

這些年來，因為認真編了這些法師的書，被引領進入佛法大海，領受了慈悲智慧的波光。從年輕就「神農嚐百草」的我，大概從六年前，就不再吃任何治療躁鬱的藥物和安眠藥了。我學著以佛法對治自己的心，藉著佛菩薩的心光，照亮了自己的心光。

在佛光山「佛光緣美術館」總館個展開始前的一段時日，我思惟自己半生以來種種遭遇的發生，終於知道「煩惱泥中，乃有眾生起佛法耳」的意義——因為我就是陷在煩惱泥中為求自救而逐步生起對佛法信心的憂惱眾生之一。

有一天，看到悟觀法師寫了文章，裡面引用了憨山大師的山居詩，搭配法師說佛法的文字，那一刻，我就像禪宗史上看到桃花開了而悟的禪師，胸中渣滓漸沉，我遂諒他並自諒，關於一個之前以為甚深傷害我的人。

求別人的光，為了自照；借光久了，才發現自己也能發出一絲微光；自照照人，佛法如此，法師如此，好書如此，作家如此，創作亦復如是。

我遂取出一張日本畫仙紙，寫了憨山老人山居詩，欲呈送悟觀法師；並且

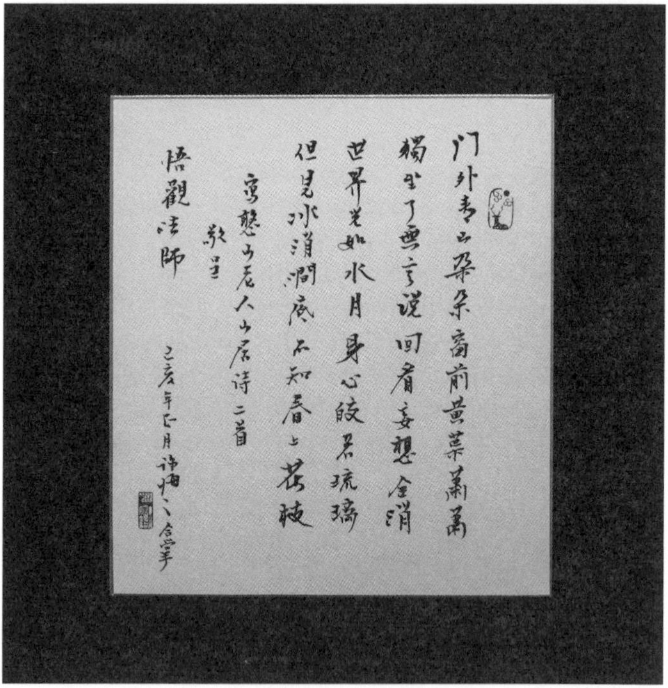

許悔之寫憨山老人山居詩敬送悟觀法師（林煜幃 攝影）

想起了從星雲大師到悟觀法師，為這些出家人編書真是我此生的大福報啊！既自利又利他，星雲靉靉，無量無邊，止妄悟觀，微妙本心。

深水觀音禪寺

春日時分，太陽已經不會那麼的快快落下，天空猶有亮光；我在高雄市燕巢區的「深水觀音禪寺」大雄寶殿側邊站著，望向寺埕，空中一群啁啾的燕子飛舞，時而果敢如鉛錘，時而飄忽如鴻羽；我看著看著，群燕如墨痕，快慢，虛實，偶爾的視覺暫留如同飛白——燕子，在虛空中寫字。

從午後到薄暮時分，我都是一名學生，聽禪寺的住持悟觀法師說《法華經》：諸佛如來護念大乘心菩薩、行者之誓願、大乘心菩薩是「如來使」……。法師為我勾玄了《法華經》諸品與菩薩修行的次第，以及菩薩如何「入佛知見」；偶爾，悟觀法師也說一些《華嚴經》相互參照。

這次來禪寺拜見法師，其實我是帶著編輯出版的想法而來，出版法師《般若與美》之後，這一天，我向法師正式提出邀約一本《法華經者的話》的構想，盼法師能動筆完成。也因為知道法師的藏印之中，有「法華經者」和「如來使」之印，我遂敬詢法師是否可以從「洗心室」取出，讓我拜觀。

看到許多台灣、日本印人所治之印，包括李蕭錕先生所治之印，忍不住慢慢欣賞。其中有一些印，印面並沒有清理得很乾淨，我遂請法師給我牙刷和棉布、絨巾，開始清理起來。

出家人總是親力親為領眾，雅好藝術的法師也一起整理印章，我看到一方李蕭錕先生所治之「一即一切」陶印，忽然停了下來。每一方印章之上，或肖形，或與佛教有關的文字，總是引人深思，「一即一切，一切即一」是六祖惠能的話語，在那整理印章的時刻，因為沒有預期看到「一即一切」這四個字，突然覺得有重新的認識——對時間，對空間……。

右手拇指起了小水泡，差不多一盒印章整理完了。我向悟觀法師說，「法華經者」和「如來使」二印，容我借回台北鈐印，日後用在《法華經者》一書的設計。

夜裡了，禪寺的晚課終了，我想起下午喝「金駿眉」之前，一隻小貓趁茶几無人，爬了上來，用嘴用足觸碰了我的甜點，想試探是否能吃，而那時我正走回茶几，小貓定定的看著我，就突然如煙奔跑走了，那一刻，我覺得一絲心痛——生生世世以來，我不也如同一隻飢餓野貓，既渴且餓，忽而此生很快也會過了……。

為渴愛河，漂溺生死大海；因飢覓食，煮沙欲成嘉饌。

反聞聞自性

三月二十二日，到了佛光山寺，掛單在「麻竹園」，晚上到佛學院，為僧俗二眾的年輕佛子分享「佛法和文學」，看著一張張年輕的面孔，有好多位大概都是九〇後出生，年紀和我兩個兒子相彷彿，播放PTT檔，我說著說著，有一兩次出了神，很想讚歎他們可以清淨、專心修行，把「人」的功課做好，「未成佛前，先結人緣」——人成佛成，佛，就是清淨平等的覺者：覺悟的人。

那一兩次的出神、分心，是因為看著年輕的出家法師，對照之下，我想到自己的半生，《維摩詰經》：「發阿耨多羅三藐三菩提心，即是出家」，出家，不只是離開俗世的家，是出離無安的三界——那「火宅」——著火的房子。

離開煩惱的、著火的房子。

那恰巧是我半生以來，身心之所感到交逼者，以前，我常常住在情緒的地獄裡。

三月二十三日，是我在佛光山「佛光緣美術館」總館個展開幕的日子，承蒙法師、義工、好友們的費心費力，《以此筆墨法供養：許悔之手墨展》的開幕圓滿，兩百多位貴賓的到來，使我心中生起赧愧，區區手墨，自述與佛有緣，何敢勞動大家至此！我在心中默念著六字大明咒，祝福在場的僧俗大眾。有一刻終於說服自己，或許有人在「佛光緣美術館」看到一字、一句、一件作品，進而對佛法生起希有、讚歎的心，進而知道佛法使半生艱難面對身心而使如我者最終能自在光照些，那麼，這次個展之勞動大家，就有一點點意義了。

華梵大學董事長悟觀法師、校長李天任先生一行五十餘位先進的到來，李蕭錕教授從苗栗遠道而來，非常感銘在心。

現場為貴賓導覽時，我為自己能為一小小法器，忽然悲欣交集。因為佛法，使我此生的下半場，比較有能力和別人結好緣，自照照人，我像一個宣說者，嘗試用文字、藝術之美的形式，和別人分享佛法與美可以是一，也知道了佛法就是禪法，禪法就是心法，心外無佛。

二〇一一年三月，台積電慈善基金會董事長張淑芬女士就在我舉辦個展的「佛光緣美術館」總館展出作品，義賣所得作為「佛陀紀念館」建館之用。日前我去她的畫室拜訪，和她合作了一件作品，我將之命名為《傷害與修補，入佛法大海》，開幕當天，我告訴法師，之後會把作品送來，加入展覽之中，緣緣之緣，有如集體創作。

開幕茶會的時候，負責佛光山電子大藏經編纂的永本法師，送了一段話給我：「你的一件作品寫『入流亡所』，之後的重點是『反聞聞自性』，我用這句話祝福你。」

禪宗六祖惠能大師，在五祖半夜三更，為其解說《金剛經》開悟時，歎曰：「何期自性，本自清淨！何期自性，本不生滅！何期自性，本無動搖！何期自

2019年3月許悔之佛光緣美術館總館個展開幕（林煜幃 攝影）

性，能生萬法！」反聞聞自性，自性心光，如燈點燈，迷時師度，悟時自度。

我想起，自己十三歲時，讀到《金剛經》和《六祖壇經》時的震動，遂肅然恭敬，向永本法師合掌。

輯二

美的信物

君看雙眼色，一切心祕密——談陳珮怡的岩彩畫

曾經在一位藝術家朋友家，看到一件小小的畫貓的絹本岩彩畫，掛在這畫旁邊的是一件溥心畬的作品；溥心畬的作品很好辨認，他也在華人圈享有大名，在許多人的家中都看過；我的眼光落在那小小的絹本貓畫之上，看了很久很久，好像畫中之貓就要跳出畫面，向我撒嬌，或者低嘶，或者軟蹄撲打向我，又或者只是從畫中走出來，逕自走向牠想待的角落，或者睡覺，或者如禪師靜坐，或者只是若有想、若非有想的做自己孤獨國的王。

這件畫作的作者，當然不是如溥心畬之盛名者，我卻也能一眼就認出來，因為這位年輕作者的辨識度極高，不只是因為畫貓，還有她極為高超的繪畫技

術，那是累積天分和無數練習，才能夠擁有的能力。不透明、重彩的岩彩畫，應該從唐朝就開始了，因為日本的遣唐使到了中國，將岩彩畫帶到日本，甚至發揚光大而成為日本畫。有宋一代，徽宗設立畫院，我站在這張貓畫前，竟然想像起徽宗的畫院裡畫工無數，每日創作，應該畫出過無數的作品，但絕大部分也都沒再留下來了。

在台北故宮裡，徽宗一代畫院裡所留下的作品如崔白《雙喜圖》，趙昌《寫生蛺蝶圖》，王希孟長卷《千里江山》，都精巧纖細栩栩如生，岩彩因為其礦彩的穩定性，使得被畫下來的生物、山水，彷彿千年如在昨日而已。我站在這件貓畫之前，知道作畫的人是誰，因為她已經有自己強烈的風格和特色，畫這張畫的人是陳珮怡，一位我看畫的時候，現實裡並不認識的人。

站在這張畫作之前，我突然想起自己少年時期，讀中譯版的《羅生門》，芥川龍之介在扉頁題辭：「君看雙眼色，不語似無愁。」

是啊是啊，為什麼這張貓畫會如此打動我？我看到牠的體態、動作、毛色……，但這些都不是重點，也有不少畫家擁有不凡的技術，技術很重要，但一張畫最重要的是會發出靈光（aura）。我看到的畫中之貓，正用牠的雙眼看我，我的雙眼裡彷彿看到一隻即將跳出、即將向我說話的貓。這些不是勤練技術就能到達的，那是因為作者對貓有深入的觀察、真心的陪伴、深心的神會。

眼睛會說出一切的祕密啊！看這件作品，我想起德國哲學家馬丁．海德格（Martin Heidegger）在談論梵谷（Vincent W．van Gogh）的一件畫作時，曾經這麼說：當我們在看這張畫時，不是我們在看畫，是畫在向我們說話……。

我站在陳珮怡的這張畫作前，瞬間神思千里，心緒波濤湧動，彷彿有無窮盡的心靈對話、歷史典故、衍生之想，都從這張畫中的貓，啊不！是從貓的眼睛而想生、而化生。這對貓眼，像琥珀琉璃，像雙生的漩渦，像時間的蟲洞，像大爆炸之後誕生的宇宙……。這只是一對貓眼而已，為什麼那麼打動我？為什麼會帶領我無限制的穿越時空？為什麼會讓我想起徽宗和芥川龍之介？這是一對貓眼，這也不只是一對貓眼，這不是貓眼。

「君看雙眼色，不語似無愁」，因為芥川龍之介《羅生門》太有名了，很多人以為是他寫的句子，其實不然。也有人以為是良寬禪師的詩，但良寬禪師的句子是「不語似無憂」。芥川龍之介引摘的句子應當是江戶時期禪僧、畫僧白隱慧鶴，以漢詩形式呈現的〈三界無法〉中的句子吧。一切如來心祕密，一切心的祕密，都從眼睛所出。詩，本來就難解，各憑直心之體會；禪僧之詩尤其更不易解，因為詩中有著三千大千世界。

站在這張貓畫前，我幾乎要向主人開口說，可否勻讓給我，我幾乎就要開口了，心思百轉千折，可能因為我老了，會思慮別人的感受較多，所以心中生起一念：日後有因緣，應當收藏這位畫家的畫。就不要開口，讓喜歡這張畫的藝術家朋友為難了。

白隱慧鶴的詩句在說什麼呢？我個人以為說的是一種在人間難以言說的靜寂澄明，如此廓然無邊，又如此無限寂寥。朋友收藏的這件貓畫，也在一瞬間，使我憑藉著畫中貓眼與我眼之相映、相應、相印，彷彿因此，偶開天眼覷紅塵。

這是一張畫而已，但它又不只是一張畫而已，這張畫如同禪宗的「參話頭」，發出了一個簡單的提問，要做為觀看者的我開始無窮盡的自我問心，想過了徽宗，想過了芥川龍之介，想過了海德格，東想西想，上下求索地想，想到深深處，無想可想，就是美而已！美如甘泉湧出。任何一張動人的畫，都應該如此吧。

從小我就很愛讀《金剛經》，《金剛經》裡說佛有五眼：肉眼、天眼、慧眼、法眼、佛眼，五眼具足，五眼是一。五眼分別代表人、天（神）、阿羅漢、菩薩、佛的不同境界。為什麼《金剛經》裡要特別談到五種不同的眼睛呢？那是因為眾生之心，本來與佛心是一，是一不二，只因為顛倒、妄想、分別，所以境界不同。眼睛不僅是境界的象徵，也是心境的痕跡，更是入一切心祕密的不二之門。

白隱慧鶴留下一卷作品，因卷末留有貓行過的痕跡，故被名為《貓之卷物》。陳珮怡愛貓、畫貓，但創作題材不僅有貓，也曾以人、以景、以有情之物入畫，可謂題材多元、用功精深；此次她即將由日本「青幻社」精印出版以畫貓為主題的作品集，所以向我索序。我與她雖只緣見幾面，卻欣然答應。

因為我內心埋藏著一個祕密。家中有三隻貓，也曾經有過一隻狗叫「許尼歐」。十幾年前，在我生命最黑暗陷落的時候，有一個寒冷的冬天，尼歐不用說話，卻用牠的眼睛看我，陪我度過劫波，對我而言，牠不只是一隻狗，牠是菩薩所化現的慈悲陪伴，我永遠記得尼歐的眼神，再看陳珮怡畫中的貓眼之時，我非常非常想念已經死去的尼歐，牠雖死猶生，因為牠活在我的心中。

我曾經想開口向陳珮怡訂製一張尼歐的畫像，但我並沒有開口，眼睛是一切的祕密，眾生的眼睛本來與佛是一，所以我在一次藝術博覽會收藏了陳珮怡的一張作品，名為《探》，那躲在簾後往外覷望的貓眼，與尼歐的眼睛如此相像，一切有情眾生心祕密，不二，是一。

二〇一八年十月二十五日《聯合副刊》

我的指月錄

大概在一年多前，台積電文教基金會的一位朋友聯絡我，希望我寫一篇稿子，談「臨帖」；原因是「台積電青年書法篆刻大賽」多了臨帖的這個項目，他希望我談一談臨帖對我的影響和心得。我向這位先生說，真不好意思，我沒有辦法寫這篇稿子，除了小學的時候臨過兩、三天「皇英曲」，這半生我就都沒有再臨過帖了，所以實在無法應命寫這篇稿子。

「有怨聲如訴，無言淚欲零。神來秋水碧，韻度暮山青」——這是「皇英曲」的帖尾之句，幾十年來，用一種詩意的召喚，使我想到「寫字」的美好。

我總是跟別人說，臨帖非常非常好，也非常重要，布局、筆意、墨趣、神韻，都可以從規矩尺度的臨仿中，鍛鍊而成自己。但「寫字」對我而言，最早不是為了「書法」，而是為了自救和抒發。

古云：「臨池可收放心。」最早我之臨池是為了抄經降伏己心之躁亂，每次寫字，都是為了自救，心中完全沒有想到臨帖學習書藝；從二十多歲，我就開始買了許多書帖，睡前讀帖，是人生一大樂事，看著墨隨筆走，我都將之當做「讀心」，常常為這些書家做我自己的「精神分析」，是我一種不知如何對他人說「神會」。抄經，抄著抄著，就從自救，多了一點點「廣大心」和「清淨心」——那祝福別人的心意。

從二〇一七年開始，應邀手墨參與聯展及二〇一八年三月個展，是人生美麗的意外。我依舊享受著「寫字」的樂趣，享受心念隨手墨而逐漸被熨燙、降伏，甚至有些片刻，寫了自己鑄句的詩行，那也是一夢之中的「以藝為佛事」，一種「以無所得故」，如同十歲左右的我臨帖之時，心中在想著什麼是「神來秋水碧，韻度暮山青」。

或許，寫字，是我這一生自問己心的指月錄，如此而已。

二〇一八年十一月二十日《人間副刊》

善財童子五十三參——因張淑芬「真心實願」畫展而想起

台積電董事長張忠謀先生的夫人張淑芬女士在「佛光緣美術館」全球巡迴展出她的油畫作品，義賣所得，會捐贈給佛光山，作為「佛陀紀念館」所用。

佛光緣美術館總館長如常法師問我能不能就一個佛法和藝術的喜愛者，寫一些想法；我一聽之，欣然而受命。因為那個剎那，我心中浮現的，是林懷民先生住處的一幅《心經》書法：偌大的紙面，只寫了開頭的二、三句，剩下的都是空白而已。那件未完成的《心經》書法被裝池妥當，掛在林先生住家的牆上。

當年，我一見到時，如石火電光，比看到弘一法師或臺靜農先生的《心經》

書法，還要更深刻而感動。

偌大的空白，彷彿有無數無量無邊的心念於其中，如眾生之苦惱無量；而這些心念，又復歸於一。

當我知道，這幅只書寫了幾句《心經》經文的書法，是林懷民先生的母親往生前不久所書，我差點掉下淚來。

所謂因緣，所謂虛空，所謂緣起性空；佛教所言種種，人間的我們，其實都在經歷這一切，所以《心經》云：以無所得故。

諸佛如來，於眾生之心，悉知悉見。諸佛菩薩一定看到林懷民先生的母親，困頓至極而又敬謹的書寫下的這幾句《心經》吧。

沒有得到林懷民先生的許可而寫下這個故事，我在落筆前曾有過思量和忐忑。但我想，林先生應該不會怪罪我吧。

世間最珍貴的布施，就是珍貴的心念。

如此而已。

如果我們用佛教的觀點，人本具佛性，都有可能會成佛，當我們人與人彼此慎重的憶念之時，與人之憶念諸佛菩薩，又有什麼差別呢？

在這世間，或世出世間，我們有本能、也有能力給彼此一些好因好緣。之前看張淑芬女士的新書《畫架上的進行式》，我心裡浮現的正是《華嚴經》中的「善財童子五十三參」。

《華嚴經》在講佛心既幽祕又遼闊動人的世界，一草一木、山河大地如何現於眼前；諸佛、諸大菩薩如何普現十方三世。經中的主角除了文殊菩薩，還有普賢菩薩。至於經文的後段，則集中在「善財童子」身上。

善財童子，因生生世世以清淨心、恭敬心供養禮拜諸佛，是以得大善利，他的誕生，伴隨著無數人間世俗在意的珍寶，所以被稱為「善財童子」。

善財童子為了悟道，參訪親近了五十三位善知識，因此得到這五十三位大修行者、善知識的點撥、開示，而更了解自己應當以慧為命以及大乘菩薩慧命無窮的成就之道。

在《畫架上的進行式》中，張女士載記了她珍視於心的一些善因緣，搭配了她學習繪畫的一些作品。

其中一篇寫和達賴喇嘛的相見，描述她在見到達賴喇嘛之前很久，就在夢中見過達賴喇嘛，達賴喇嘛跟她說「空性」真義的過程，簡短、睿智。

後來，她將達賴喇嘛所送的佛像再轉贈給別人，其中體會「捨」、「布施」這些感受，描述得非常的動人。

把好因緣給了別人，就不止於一佛、二佛三四五佛，而種諸善根了。

達賴是真的，因為達賴給了張女士真心和感動；達賴是假的，因為每個人最純真的那一部分，都可以等同於達賴，與諸佛之心相契。

於佛法而言，達賴喇嘛如果感動了別人、教化了別人，也只是權宜的有一位被成為「達賴喇嘛」的修行者而已。

我想到，有無數的書家可以把《心經》寫得極好，有無數的畫家可以畫得極好——就書法、藝術的「技法」而言。

但或許，在技法之上、之外，更重要的，是人珍貴心念的完成和呈現吧，那種幽祕而遼闊的心的「華嚴世界」，有山河大地、人間萬緣俱現於前。

這也是為何，林懷民先生的母親未完成的《心經》書法，當我不明究竟乍見之時，有那麼說不出的巨大感動，以佛法而言，就叫作「不可思議」吧。

好像無始劫來，我此生得一人身，見到這件書法，正是一件啟發我的善因緣，讓我常常靜默思惟這一件未完成的作品所給予我的許許多多。

此次「真心實願」畫展中，張淑芬女士有一些作品，技法或許未臻圓熟，有一些作品，也有仿效大師的痕跡，但這都無妨，作為一位習畫並不多年的「求道者」，她的作品已有了自己的「心法」、「心世界」之風格。

淡淡的，極安靜，一念純淨；當我們觀看畫作的時候，畫作已經會開始自己說話了。而我們每一個階段的創作，不都是「習作」嗎？我們的每一生，不都是「學習的人生」嗎？善財童子何處參？往自性清淨裡去，往和眾生同一悲仰裡去。

善財童子五十三參。張淑芬女士的人生之路，還會有許多動人的參訪善知識之旅，而有所成就，包括她的畫，她的文字，她的志工生涯，她的人生；雖現多端，實歸於一：真心實願，而已。

心是真的，願是實的，這些義賣的畫作，既為了供養諸佛菩薩，諸佛菩薩見之，自然也會歡喜微笑。

二〇一一年三月二十九日《聯合副刊》

書法是危險的

——董陽孜【無中生有——書法・符號・空間】集體跨界展演觀後

墨海無涯
回頭，未必是岸
從削竹為簡到網路時代
每一個漢字於其中泅泳
聽見倉頡造字時天地的驚嘆
從佛經至道德經
經者，途徑也

無和有，如同山水畫與空白
早已成為集體心靈
鐫刻的基因
我望著「無中生有」四字
其濃淡變化宛若設色
其攲倚，讓平面的
書寫變成了立體
如此優雅，如晉唐名士微醺賦詩
其毫不遲疑又如
一將當關，萬夫莫敵！
書藝也是書譯
轉譯了心
心中規劃的壯闊和美麗
我站在「無間」的轉譯之間

家是無邊無間隙
語言是存有的屋舍
人是屋舍的存有乃成為家
當星星懸掛在天空乃有了隸屬關係
「無殊」如何無分別？
書家對自己作品的看法
與觀眾有何差異？
分別心也是一種轉譯
辯證了偏見可以美麗
當每一位在「私塾習」抄寫金剛經的觀眾
筆尖力的細微震盪
驚動了墨海，一隻蝴蝶輕輕拍翅
彼岸，就有了海嘯
書家的字，原是最慎重的生滅

書家本是修行人
無中生有，有歸於無
應以書寫者得度者
即現書寫者而為說法
但法尚應捨，何況非法？
書無定法，所以書法是危險的
當我離開展覽
美術館外，雲如巨鵬怒而飛
彷若經歷了地震和星殞
我們的一生，多麼像幾次紀事的結繩

二〇〇九年，收入董陽孜個展專書。

心畫——記張淑芬與我合作的一件作品

在台積電慈善基金會董事長張淑芬的畫室中，我端詳她如此目光炯炯的注視著紙面，像獅子搏兔、全神貫注，先是用排筆塗色，然後她從顏料碟裡，直接抓取了一團混了鹿膠和水的「洋金」，就用手掌、手指抹塗在畫面，充滿了決絕，彷彿「非如此不可」；那種決絕，猶如一位道人在懸崖邊禪坐，立誓「今天若不證悟絕不起身」那般的絕不後退。

她取了墨，端詳著角度，石火電光之間，潑灑在一張大約一百多號尺寸大小的日本「高知麻紙」上，墨痕噴濺點點，覆蓋在我原先的墨跡之上。

原先面對這張紙，是因為她說：「我們來合畫一件作品吧！」但我充滿躑躝，她是一位氣場很強的人，雖然我們彼此友善，但我內心卻生起一種被震懾的恐懼。

我回想起這一生自己心所想生的傷害與之後努力的修補，決定要以墨痕表達。因為從沒有面對這麼大張的紙，我像是籠中之鳥被釋放，面對偌大的天空，竟不知如何展翅飛！

粗放的筆觸、溫柔的筆觸、濃厚的墨塊、飛白般的刷痕……，我逐漸專注下來，在一張大紙上，想把心思心念於一瞬間統合——情動於中，透過手透過筆，把它表達出來。「這不是一張畫，這是此生，我自己的精神分析……」但這樣的自我對話，只有一瞬間，我就陷入若有想若非有想那種出入自如，把自己的身心愛染，透過墨跡墨痕，如同一種自動書寫（automatic writing），而完成了一紙「墨的寓言」……

作品只有完全一半，張淑芬開始加墨、添色；我們並沒有使用語言，有一點像是以心印心，全然信任的把作品交給對方完成。「夢裡明明有六趣，覺後空空無大千」，說的是「諸法空相」、「一切法從心想生」，我的心中想了這些。

「心是工畫師，能畫諸世間」，是說心生萬法；創作者面對空白的一張紙，不也是如此？紙上偶然留跡痕，墨跡是心跡，畫是心畫——從心所出，反照自心。

張淑芬次第的把「洋金」加在她認為該加上的位置，然後停頓了良久，復又取出一種美麗顏色的色粉，在畫面中加了一點點紅，紅點加在畫面的時候，我幾乎要掉出眼淚——她知道前半段我所畫的是「傷害」啊！她讀取了我的心，並且用金色串縫之前我以墨痕表達的「苦痛」，最終收束於畫面的一點紅，一片丹心。

如同一顆心啊！在畫面中，也如同含苞的花蕾了，是春天的花訊，也是心本不生不滅的印記。

她起身，站起來看我，露出赤子般的笑靨，那是我們合作的一件作品。

我遂援筆寫字，將這件作品命名為《傷害與修補，入佛法大海》，我雖喜歡這件作品，但因為是二人合作，不該據為我有，我取得張淑芬的同意，將把這件作品托底，做成裱板，加入我在「佛光緣美術館」總館的個展中。

本是空空一張紙，因心生出跡與痕，敷加了墨點和色彩，傷害，就可以得到修補的力量；對張淑芬和我而言，幸值佛法，佛法就是心法，「開經偈」說：

無上甚深微妙法
百千萬劫難遭遇
我今見聞得受持
願解如來真實義

生而多苦，佛法一直都在，如同良藥，要願意入口，才能救治，佛法所謂「難遭遇」，指的是「信，願，行」；佛法如大海，非信不能入！信佛，就是相信自己心的力量可以與佛是一，如此，不會更多，也不會更少。

我曾經在一篇文章中，說張淑芬是一位空中生妙有的「法華經者」，信佛、願心、行者；不論是慈善公益，還是自己的創作，她總是「制心一處，無事不辦」！幾次去她的畫室，看到她的作品，不論是油畫、壓克力顏料、色粉之使用乃至筆墨，我都看到一種道人般的決心和隨心運化；我曾經看過一件她的抽象油畫，瞬間想到「華嚴世界」，這件作品彷佛有一種神力帶領我欲破塵網而去，可望微妙本心！我差點想開口，請她賣我，但自忖以她此刻在蘇富比夜拍等多個地方的作品被收藏狀況，我肯定是買不起的，所以也沒開口。

但在春節過年後，一次她邀我去她畫室，她說：「我要畫一張畫送你！」然後，她完成了一件水墨大作品，送給了我；那是一張畫，也不是一張畫！我不知道，是不是她讀取了我的心，但對我而言，那是她的心畫、心話、心化。

她與我合作的《傷害與修補，入佛法大海》就掛在佛光緣美術館總館的牆上，希望並且祝福因緣看到或未看到這件作品的朋友，認識或不認識的，在近處或在遠方的，都可以得到佛法的利益，那智慧與慈悲的雙翼，永不損壞，飛行自在。

二〇一九年四月二十四日《聯合副刊》

就在此時，花睡了

作者　許悔之
封面圖片　許悔之作品

執行長　陳蕙慧
主編　陳瓊如
行銷企畫　李逸文、尹子麟、張元慧、姚立儷
排版　宸遠彩藝

社長　郭重興
發行人兼出版總監　曾大福
出版　木馬文化事業股份有限公司
發行　遠足文化事業股份有限公司
地址　231 新北市新店區民權路 108-2 號 9 樓
電話　(02)2218-1417
傳真　(02)2218-0727
Email　service@bookrep.com.tw
郵撥帳號　19588272 木馬文化事業股份有限公司
客服專線　0800-221-029
法律顧問　華洋國際專利商標事務所 蘇文生律師
印刷　呈靖印刷股份有限公司
初版一刷　2019 年 08 月 07 日
定價　380 元

國家圖書館出版品預行編目

就在此時，花睡了 / 許悔之著 . -- 初版 . -- 新北市 : 木馬文化出版 : 遠足文化發行 , 2019.08

面 ;　公分

ISBN 978-986-359-700-1(平裝)

863.55　　108010765